Five Nights at Freddy's
PAVORES DE FAZBEAR 2

CAÇADOR

**SCOTT CAWTHON
ANDREA WAGGENER
CARLY ANNE WEST**

Tradução de Jana Bianchi

Copyright © 2020 by Scott Cawthon. Todos os direitos reservados.

TÍTULO ORIGINAL
Fetch

REVISÃO
Victor Almeida

DIAGRAMAÇÃO
Julio Moreira | Equatorium Design

DESIGN DE CAPA
Betsy Peterschmidt

ARTE DE CAPA
LadyFiszi

ADAPTAÇÃO DE CAPA
Lázaro Mendes

VINHETA ESTÁTICA DE TV
© Klikk / Dreamstime

CIP-BRASIL. CATALOGAÇÃO NA PUBLICAÇÃO
SINDICATO NACIONAL DOS EDITORES DE LIVROS, RJ

C376c
    Cawthon, Scott, 1978-
    Caçador / Scott Cawthon, Andrea Waggener, Carly Anne West ; tradução Jana Bianchi. - 1. ed. - Rio de Janeiro : Intrínseca, 2024.
    256 p. ; 21 cm. (Five nights at Freddy's : pavores de fazbear ; 2)

    Tradução de: Fetch
    ISBN 978-85-510-0678-8

    1. Contos americanos. I. Waggener, Andrea. II. West, Carly Anne. III. Bianchi, Jana. IV. Título. V. Série.

24-87793   CDD: 813
                          CDU: 82-34(73)

Meri Gleice Rodrigues de Souza - Bibliotecária - CRB-7/6439

[2024]
Todos os direitos desta edição reservados à
EDITORA INTRÍNSECA LTDA.
Av. das Américas, 500, bloco 12, sala 303
22640-904 – Barra da Tijuca
Rio de Janeiro – RJ
Tel./Fax: (21) 3206-7400
www.intrinseca.com.br

SUMÁRIO

Caçador 7
Freddy Solitário . . . 93
Esgotado 165

CAÇADOR

A rebentação, a chuva e o vento castigavam a construção antiga com tanta fúria que Greg se perguntou se as paredes caindo aos pedaços aguentariam o tranco. Quando um trovão ensurdecedor fez as tábuas que tapavam as janelas estremecerem, o garoto deu um salto para trás, trombando com Cyril e pisando em seu pé.

— Ai! — gritou o amigo, empurrando Greg.

O feixe de sua lanterna varreu a parede com movimentos espasmódicos, revelando o papel de parede azul listrado descascando e o que pareciam duas letras vermelhas: FR. Havia algo escuro respingado nas listras. Será que era molho de tomate? Ou outra coisa?

Hadi riu dos amigos amedrontados.

— É só o vento, galera — disse ele. — Sem escândalo.

Outra rajada atingiu a construção, balançando as paredes e encobrindo a voz do garoto. A chuva que caía nas telhas de metal apertou. Dentro do restaurante, porém, um tilintado metálico soou em algum lugar próximo, alto o bastante para ser ouvido em meio ao vento e à chuva.

— O que foi isso? — perguntou Cyril, iluminando os arredores com um arco descontrolado da lanterna.

Com treze anos recém-completados, o garoto era um pouco mais novo que Greg e Hadi, mas todos estudavam na mesma turma do primeiro ano do ensino médio. Cyril era baixinho e magro, com feições infantis, cabelo castanho escorrido e uma voz que parecia a de um ratinho de desenho animado. Nada disso o ajudava a fazer amigos.

— "Vamos explorar a pizzaria antiga" — zombou ele, imitando a sugestão de Greg. — Nossa, que ótima ideia.

Era uma noite fria de outono, e a área costeira da cidade havia sofrido um apagão por causa da tempestade. Greg e os amigos tinham planejado um sábado de videogame e comidas gordurosas. Porém, assim que a energia caiu, os pais de Hadi tentaram recrutar os garotos para uma sessão de jogos de tabuleiro. Era a tradição da família sempre que a luz caía. Hadi conseguiu convencer os dois a deixarem que ele fosse com Cyril de bicicleta até a casa de Greg, ali pertinho, onde poderiam jogar um dos novos RPGs de estratégia do amigo. No entanto, assim que chegaram, Greg sugeriu que fossem até a pizzaria. Por dias, ele vinha sentindo que precisava visitá-la. Era como se algo naquele lugar o chamasse.

Mas talvez sua intuição estivesse errada, e a incursão não fosse dar em nada.

Greg iluminou o corredor com a lanterna. Haviam explorado a cozinha e ficado surpresos com a quantidade de panelas, frigideiras e pratos por lá. Quem fechava uma pizzaria e deixava todos os equipamentos para trás?

Assim que saíram da cozinha, os três se depararam com um grande palco no canto do salão principal do restaurante abandonado. A cortina preta nos fundos do tablado estava fechada. Nenhum dos meninos se ofereceu para ver o que havia ali atrás... Também não mencionaram o movimento da cortina assim que passaram pelo palco.

Hadi riu de novo e comentou:

— Melhor que ficar com a família... Ei, o que é aquilo?

— Aquilo o quê? — questionou Cyril, apontando a lanterna na direção que Hadi encarava.

Greg também iluminou o canto mais distante da área cheia de mesas. O feixe de luz banhou silhuetas volumosas enfileiradas ao longo de um balcão de vidro ensebado. Do outro lado do cômodo, olhos brilhantes refletiram a luz.

— Da hora — disse Hadi, chutando a perna quebrada de uma mesa para abrir caminho até o balcão.

Talvez, pensou Greg, franzindo o cenho ao observar os pares de olhos. Um deles parecia encará-lo. Apesar da confiança de minutos antes, o garoto começou a se perguntar o que estava fazendo ali.

Hadi se aproximou do balcão e exclamou:

— Que irado!

Ele estendeu a mão para pegar algo e espirrou quando poeira se ergueu, rodopiando da superfície.

Antes de saírem de casa, Greg tinha sugerido que levassem lenços para cobrir o nariz e a boca, mas não conseguiram encontrar nenhum. Já esperava que o restaurante estivesse repleto de poeira, mofo, bolor e sabe-se lá mais o quê. Para a sua surpresa, dado o clima costeiro, o único sinal de degradação era a poeira — no entanto, havia um monte dela.

Greg contornou uma cadeira de metal virada de cabeça para baixo e passou por Cyril, que se apoiava num pilar sujo com pintura descascada no meio do salão. Exceto por uma mesa quebrada e duas cadeiras derrubadas, parecia que o estabelecimento precisava apenas de uma boa limpeza antes de reabrir para o público. O que era muito estranho. Greg havia pressentido que encontraria *alguma coisa* ali dentro, mas não esperava que fossem pratos, móveis e... o que era aquilo?

O garoto olhou para o objeto nas mãos de Hadi e ficou sem ar. Era por causa daquilo que tinha ido até a pizzaria? Era por aquilo que se sentia atraído?

— O que é isso? — perguntou Cyril, sem se aproximar nem um milímetro do balcão.

— Acho que é um gato — respondeu Hadi, virando o troço de pelagem irregular. — Talvez um furão? — Ele cutucou o bicho. — Será que é um animatrônico?

O garoto colocou a coisa no balcão e iluminou as outras silhuetas enfileiradas com a lanterna.

— Ah, que demais! — exclamou Hadi. — São prêmios, estão vendo?

Ele iluminou cada uma das criaturas imóveis.

Aquilo explicava os nichos esquisitos ao longo do amplo corredor que os amigos tinham atravessado a caminho do salão principal. Deviam ser espaços para instalar fliperamas e outros jogos.

— Não acredito que ainda tem esse tipo de coisa aqui — comentou Hadi.

— Pode crer — concordou Greg, franzindo a testa.

Ele analisou o que pareciam ser uma lontra-marinha e um polvo com os tentáculos emaranhados.

Por que aqueles prêmios continuavam ali?

Com as portas e janelas protegidas por tábuas, a construção havia resistido às tempestades litorâneas e à maresia por um bom tempo. A pizzaria estava claramente abandonada e parecia à beira do colapso. O material que revestia seu exterior ficara tão cinzento e desbotado que mal dava para entender o que era. O nome do estabelecimento tinha sumido fazia tempo. Então por que permanecia tão conservado por dentro? Bom, *conservado* não era a melhor palavra. Mas, na opinião de Greg, parecia em condições de resistir por mais uns cem anos.

Greg e os pais se mudaram para a região quando o menino estava no primeiro ano do ensino fundamental, então ele conhecia a cidadezinha muito bem. Mas não a entendia. Por exemplo, sempre estranhara a pizzaria ficar tanto tempo fechada, sendo que o ponto era bom. Enfim, a cidade não era turística nem sofisticada. A mãe de Greg dizia que parecia uma "colcha de retalhos". Em uma mesma rua, havia casarões chiques de um lado e, do outro, bangalôs decorados com boias de pesca, cercados de pilhas de madeira velha ou móveis de quintal em mau estado. A casa em frente à de Greg tinha um sedã da década de 1970 acomodado sobre tijolos na garagem. Mesmo assim, o garoto não conseguia entender como aquela pizzaria falida não era transformada em algo útil. A construção assombrada e esquisita praticamente gritava "me invada" para as crianças locais.

Mas, ao que parecia, ninguém tinha entrado ali antes de Greg, Cyril e Hadi. Greg achou que encontrariam pegadas, lixo, pichações — evidências da passagem de outros "exploradores". Mas... não havia nada. Era como se o lugar tivesse sido preservado em formol até Greg de repente sentir que deveria ir até lá.

— Aposto que ainda estão aqui porque eram os melhores prêmios — opinou Hadi.

— Ninguém nunca ganha os prêmios bons — concordou Cyril, chegando um pouquinho mais perto do balcão, mas ainda a vários metros de distância.

— Não tem palhaço nenhum, Cyril — garantiu Greg.

Ele teve que prometer para o amigo que não havia palhaços no restaurante abandonado para convencê-lo a participar da aventura. Não que tivesse certeza disso.

— O que é aquilo ali? — perguntou Cyril, apontando para um boneco cabeçudo acomodado sob a placa de PRÊMIO MÁXIMO.

Greg o pegou antes de Hadi. Era pesado, com pelagem áspera. Ele ficou intrigado pelo animal, seja lá o que fosse. O garoto observou as orelhas pontudas, a testa inclinada, o focinho comprido e os olhos amarelos penetrantes. Só depois notou a coleira azul ao redor do pescoço, com um pingente brilhante. Uma plaquinha de identificação? Ele a ergueu.

— Caçador — disse Hadi, lendo por cima do ombro de Greg. — É um cachorro, e o nome dele é Caçador.

Greg amava cachorros, mas torceu para nunca encontrar um daqueles na vida real. Virou o brinquedo de um lado para o outro, analisando-o.

Nem o cachorro velho e feroz do vizinho era feio daquele jeito. O Caçador parecia uma cruza de lobo mau com o tubarão do filme de Spielberg. A cabeça dele — devia ser um macho, certo? — era triangular: pontuda em cima, com uma boca grande e intimidadora na parte de baixo. Sua pelagem parecia marrom-acinzentada sob a luz difusa das lanternas e tinha algumas falhas, revelando a estrutura de metal manchado embaixo. Cabos irrompiam das orelhonas, e uma cavidade parcialmente exposta na barriga revelava uma placa de circuito primitiva.

— Olhem isso — comentou Cyril. Para a surpresa de todos, ele parecia interessado no balcão e tirou um livreto de um suporte de plástico. — Acho que é o manual de instruções desse bicho.

— Deixa eu ver! — exclamou Greg, arrancando o livreto da mão de Cyril.

— Ei! — reclamou o amigo, esganiçado.

Greg o ignorou. Devia ser aquilo que estava buscando.

O garoto colocou o Caçador em cima do balcão, abriu o livreto e deu uma olhada rápida nas instruções. Hadi se aproximou para ler por cima do ombro do amigo. Cyril enfiou a cabeça entre o livreto e o peito de Greg, para que todos pudessem ler juntos. Segundo as instruções, o Caçador era um cachorro animatrônico que podia ser sincronizado com o celular para buscar informações e outras coisas para quem o controlasse.

— Que demais! — exclamou Hadi. — Acha que o robô ainda funciona?

— Esse lugar está abandonado há quanto tempo? — perguntou Greg. — O Caçador parece mais velho que meu pai... mas como ele pode ser sincronizado com um smartphone, se isso nem devia existir quando ele foi feito?

Hadi deu de ombros. Greg também, e começou a fuçar o animatrônico para encontrar o painel de controle. Hadi e Cyril perderam o interesse no brinquedo.

— Não vai funcionar. É antigo, não vai ser compatível com os nossos telefones — opinou Cyril, fazendo uma careta quando outra rajada de vento castigou a construção.

Greg sentiu um calafrio. Não sabia se era por causa do vento sombrio ou por outro motivo.

Voltou a atenção para o Caçador. Queria tentar fazer a criatura canina funcionar. Tinha a impressão de que o animatrônico o atraíra até ali.

O pessimismo de Cyril não o surpreendeu. O amigo seria incapaz de aproveitar uma oportunidade mesmo que ela caísse no seu colo.

Hadi, por outro lado, era sempre muito otimista. Tinha uma disposição tão solar que conseguiu realizar algo que, para Greg, só podia ser um truque de mágica: ser aceito pelos populares, mesmo passando a maior parte do tempo com Greg e Cyril, dois dos maiores nerds da escola. Talvez fosse graças à sua aparência. Greg já tinha ouvido garotas conversando sobre Hadi. Chamavam o amigo de "lindo", "gostoso", "bonitinho", "sarado" ou apenas soltavam uma exclamação de "*Hummmm!*".

Hadi se afastou do balcão. Cyril se largou numa cadeira diante da mesa mais próxima e sugeriu:

— Acho que a gente devia ir embora.

— Que nada — discordou Hadi. — Ainda tem muita coisa para explorar.

Greg os ignorou. Tinha virado o Caçador de cabeça para baixo e encontrado um painel na barriga do cachorro. Equilibrando o animatrônico, o livreto de instruções e a lanterna, mordeu o lábio e se concentrou em apertar os botões na sequência certa.

Por um instante, o vento e a chuva amenizaram. A construção foi tomada por um silêncio que parecia quase ameaçador. Greg olhou para cima e notou uma mancha grande no teto, bem acima dele. Umidade? Distraído da tarefa por um segundo, apontou a lanterna para o alto, mas não encontrou outras manchas. Aliás, por que o restaurante não estava cheio de goteiras? Quando vislumbrou a pizzaria pela primeira vez, Greg teve a impressão de que parte do telhado de metal estava faltando. Cadê os vazamentos?

O garoto deu de ombros e focou no Caçador. Àquela altura, estava apertando botões aleatórios. Nenhuma das sequências informadas nas instruções parecia ter funcionado.

De forma tão abrupta quanto haviam cessado, o vento e a chuva voltaram num crescendo de estrondos, pancadas e uivos. Então o Caçador se mexeu.

Com um zumbido repentino, a cabeça do cachorro se ergueu. Em seguida, a boca imensa e cheia de dentes se abriu. O animatrônico rosnou.

— Que porcaria é essa?! — xingou Greg, derrubando o Caçador no balcão e dando um salto para trás.

Cyril se levantou da cadeira no mesmo instante.

— O que foi? — perguntou Hadi, voltando até os amigos.

Greg apontou para o Caçador. A cabeça e boca dele estavam numa posição claramente diferente de quando o encontraram.

— Legal! — comentou Hadi.

Os três encararam o Caçador, decidindo de forma tácita que era bom manter distância caso o cachorro fizesse mais alguma coisa.

Ficaram aguardando.

O Caçador também.

Hadi se cansou primeiro. Apontou a lanterna para o palco e perguntou:

— O que acham que tem atrás daquela cortina?

— Não quero saber — falou Cyril.

Uma porta bateu atrás deles... dentro da pizzaria.

Na mesma hora, os meninos saíram correndo. Atravessaram o salão e dispararam pelo corredor até o depósito por onde haviam entrado. Mesmo sendo o menor, Cyril foi mais rápido. Já havia saído pela fresta que tinham conseguido abrir na porta emperrada dos fundos quando os outros garotos começaram a se espremer para fazer o mesmo.

Fustigados pela chuva, subiram nas bicicletas. Greg estimava que o vento devia estar soprando a uns oitenta quilômetros por hora. Não havia a menor condição de pedalarem para casa.

Ele olhou para Hadi, que estava com o cabelo preto e encaracolado grudado na cabeça. Hadi caiu na gargalhada, e Greg se juntou a ele. Depois de uma breve hesitação, Cyril também começou a rir.

—Vamos! — gritou Hadi acima do vento uivante.

Sem olhar para o restaurante, os três baixaram a cabeça e começaram a empurrar as bicicletas contra a tempestade.

Enquanto avançava aos trancos e barrancos, Greg pensou na vontade que sentira de levar os amigos até o restaurante abandonado. Tantas áreas não foram exploradas... Por exemplo, atrás da cortina. Também havia três portas fechadas no corredor. O que escondiam? Greg temia não ter encontrado o que o conduzira até lá. Será que tinha feito tudo que precisava?

O menino já estava chegando em casa quando uma mulher gritou:

— Tomando um banho extra, é?

Greg parou, esfregou os olhos e os semicerrou para ver melhor na chuva.

— Oi, sra. Peters — cumprimentou ele.

A vizinha idosa, sentada na varanda coberta, ergueu os bracinhos magros e exclamou:

— Adoro essas tempestades!

Greg riu, então acenou e gritou:

— Aproveite!

A sra. Peters acenou de volta, e ele seguiu pela chuva. Ao se aproximar da casa alta e moderna dos pais, com vista para o mar, foi surpreendido por uma luz acesa na sala de estar. A cidade inteira estava no escuro por causa do apagão. Quando se separou de Cyril e Hadi, as únicas iluminações eram as lanternas dos garotos, oscilando como espíritos desencarnados, e o bruxulear fraco das velas dentro de algumas casas. A luz na janela da sala de estar, porém, era intensa e estável.

Quando apoiou a bicicleta num dos pilares de madeira que sustentavam a casa um andar acima do nível do solo, o garoto entendeu tudo. Com o som retumbante do vento e da chuva, Greg não notou o motor até quase trombar com ele. Um gerador novinho em folha roncava sob a casa, conectado a um fio que atravessava a garagem espaçosa e subia as escadas até a porta principal.

— Ah, olha o garotão aí! — exclamou o tio de Greg, Darrin, sorrindo para o sobrinho. Com mais de um metro e oitenta e ombros largos, sua silhueta montanhosa preenchia quase todo o batente. — Estava quase organizando um grupo de buscas. Você não atendeu o celular.

Greg foi até a entrada de casa e cumprimentou o tio com o gesto que era marca registrada dos dois: um meio abraço seguido de dois soquinhos.

— Foi mal, tio Dare. Não ouvi — explicou o garoto, tirando o celular do bolso e tocando a tela.

Dare havia mandado mensagens e ligado para o sobrinho várias vezes.

— Caramba. Sério, juro que não ouvi — insistiu Greg.

— E dá para ouvir alguma coisa com essa ventania? Vamos entrar.

— De onde surgiu esse gerador? — perguntou o garoto, apesar de não estar muito interessado.

Ele só queria se distrair dos próprios pensamentos. Era estranho não ter ouvido o telefone tocar no restaurante. Não estava *tão* barulhento lá dentro. Será que tinha sido...?

— Comprei em Olympia — respondeu o tio. — Faz anos que seu pai fala que vocês não precisam de um gerador, mas ele estava sendo cabeça-dura. Eu avisei que ia fazer falta. Dizem que as tempestades vão ser bem piores este inverno. E, como você já viu, começaram *mais cedo* este ano. Lembra daquela chuvarada semana passada, no Dia das Bruxas? — Dare balançou a cabeça. — Mas claro que seu pai não me deu ouvidos.

Greg não se lembrava daquela discussão. Mas o tio e o pai tinham tantas que era impossível se lembrar de cada uma.

Darrin era próximo da irmã, a mãe de Greg, e ainda mais próximo do sobrinho. Já o pai de Greg odiava Dare pelas mesmíssimas razões pelas quais o garoto o amava: porque ele era excêntrico e divertido.

"Darrin precisa amadurecer", dizia o pai do garoto o tempo todo.

De fato, o tio possuía uma aparência peculiar: cabelo comprido tingido de roxo e preso numa trança, um guarda-roupa cheio de ternos coloridos e gravatas que usava com camisas de estampas chamativas. Dare era um inventor de peças de carro bem-sucedido, e a sorte absurda que tinha com dinheiro e investimentos havia sido a gota d'água para a sua relação com o cunhado.

"Pessoas como ele não merecem sucesso", resmungava o pai de Greg.

Ele era empreiteiro e trabalhava bastante para pagar a casa grande e os carros caros de que gostava. O fato de Dare morar numa propriedade de mais de quarenta mil metros quadrados e ganhar rios de dinheiro "brincando" em sua oficina era "um disparate".

Greg amava o tio com a intensidade que desejava amar o pai. Dare sempre o apoiara, desde o instante em que sua cabecinha saíra para o mundão... apesar de Greg não ter sido um bebê fofo nem uma criança fofa. Tinha o rosto comprido, olhos muito próximos e um nariz pequeno demais. Ele tentava compensar aquelas características com o cabelo longo, loiro e ondulado, um "sorriso lindo" (segundo uma antiga colega do nono ano), além da altura e dos músculos que o faziam acreditar que talvez deixasse de ser um caso perdido após o ensino médio. Nunca se sentira atraído por coisas típicas de menino, como carros e esportes — por mais que o pai tentasse enfiá-las goela abaixo. Havia encontrado em Dare um aliado, que não questionava seus gostos ou desgostos, e que aceitava o sobrinho como ele era.

— Cadê minha mãe? — perguntou Greg.

— Clube de leitura — respondeu o tio.

Greg não perguntou do pai. Não se importava. Além disso, sabia que ele estava jogando pôquer com os amigos. Era como passava todas as noites de sábado, mesmo que precisassem jogar à luz de velas.

— Onde você estava com essa chuvona? — perguntou Dare.

— Hã... Posso não falar sobre isso?

Dare inclinou a cabeça e coçou a barbicha meio grisalha.

— Está bem — respondeu ele. — Eu confio em você.

— Valeu.

— Quer jogar gamão? — perguntou o tio.

— Vai ser um balde de água fria se eu disser que só quero descansar?

— Rá! Essa foi boa — comentou Dare, apontando para o casaco de Greg, que pingava no chão.

O garoto balançou a cabeça.

— Nem percebi o trocadilho. Enfim, acho que vou só ficar lendo um pouco.

— Claro, sem problema. Só passei aqui para ajeitar o gerador. Mas quando percebi que você não estava em casa nem atendia ao celular, fiquei preocupado e resolvi esperar um pouco antes de ligar para a polícia.

— Ainda bem que voltei para casa antes disso.

— Ainda bem mesmo — concordou Dare. Ele fez menção de pegar a capa de chuva cor-de-rosa, mas se deteve e estalou os dedos. — Ah, a propósito, fiquei sabendo que você conseguiu seu primeiro trabalho como babá. Fico feliz que tenha convencido seu velho a deixar.

— Foi graças a você, na verdade. Quando se posicionou a favor, o placar virou dois contra um. Vou cuidar do filho dos McNally semana que vem. Jake, eu acho. Precisam de alguém aos sábados.

— Jura? Eu conheço a mãe dele há muito tempo. Talvez dê um pulo aqui em algum sábado, então. Quem sabe trago um docinho para vocês… ou meu cachorrinho novo. Estou pensando em adotar um.

— Sério? Que demais!

— Pois é. A shih-tzu de uma amiga vai ter filhotes em breve. Acho que já fiquei tempo demais sem um cachorro. Sinto saudades de ter um companheiro.

Greg riu.

— Só espero que seja um *bonzinho*. Acho que o monstrengo da casa ao lado é parte shih-tzu.

— Aquele vira-lata bravinho? Não, cachorro meu não vai ser assim. Lembre-se que eu tenho...

Dare ergueu o dedo indicador da mão direita, onde usava seu anel favorito de ouro e ônix.

— ... o Dedo Mágico da Sorte — disseram os dois em uníssono, e depois caíram na gargalhada.

O "Dedo Mágico da Sorte" era uma piada interna que surgira quando Greg tinha uns quatro anos. Estava chorando porque queria pegar um polvo de pelúcia numa máquina de garra, mas não havia conseguido. Dare dera um tapinha no vidro com o indicador e dissera, com a voz grossa: "Eu tenho o Dedo Mágico da Sorte e vou pegar o polvo para você."

E foi o que ele fez, capturando o brinquedo na primeira tentativa. Daquele dia em diante, Dare invocava o Dedo Mágico da Sorte sempre que precisava que algo desse certo. E sempre funcionava.

Greg parou de rir, pensando no cachorro do vizinho, então comentou:

— Ainda não acredito que aquele troço me mordeu.

Fazia um ano que o vizinho tinha se mudado para aquela casa. Dois dias depois da mudança, seu cãozinho — um vira--lata malvado com dentes afiados e um olho faltando — havia avançado em Greg e mordido seu tornozelo. Ele precisou levar dez pontos.

— Bem, vou te deixar ler um pouco — falou Dare. — Mas, antes, vou só confirmar que está tudo funcionando.

Quinze minutos depois, Greg estava esparramado na sua cama de casal, lendo sob a luz de sua luminária vermelha. Dare conectara o gerador à caixa de disjuntores. Ao mexer em alguns comutadores, a energia havia sido restaurada na casa toda.

— Fiz isso para garantir suas partidas de videogame — explicara Dare, cumprimentando o sobrinho com meio abraço e dois soquinhos antes de ir embora.

Greg estava animado para ler, mas tirou um tempo para fazer sua prática de yoga noturna antes de se enfiar debaixo da enorme manta que Dare tinha tricotado para ele. O tio havia apresentado a yoga ao garoto, e Greg amava. Além de acalmá-lo antes de dormir, a prática o ajudava a se manter em forma. Não que sua forma atual fosse boa o bastante.

O garoto parou diante do espelho, encarando os ombros estreitos e o peitoral magro. Embora tivesse músculos nos braços e nas pernas, o tronco ainda deixava a desejar. E seu rosto...

O celular vibrou. Ele o pegou e viu uma mensagem de Hadi:

Tá mais calmo?

Greg soltou uma risadinha pelo nariz. Nem tinha ficado tão assustado assim.

Calmo pq?, respondeu, se fazendo de bobo.

Vc n me engana.

Tá bommm, respondeu Greg. **Sim, to tranquilo. Acho que preciso de mais coragem.**

Vc precisa do cérebro do Brian Rhineheart. Ele n tem medo de nada.

Era verdade. Brian era um dos melhores jogadores do time de futebol americano da escola. Greg riu e digitou:

Seria bom ter as pernas dele tb. Pra fugir bem rápido.

HAHAHA e os ombros do Steve Thornton? Pra dar um chega pra lá nas coisas assustadoras.

Greg riu de novo, mas não era má ideia. Já que Hadi tinha começado aquela brincadeira, por que não escolher exatamente o que ele queria?

Blz, digitou Greg, **mas quero o peitoral do Don Warring tb.**

O garoto sorriu ao imaginar um corpo construído com partes de jogadores de futebol americano. Também precisava de um rosto bonito, se quisesse chamar a atenção de alguma garota.

E os olhos do Ron Fisher, acrescentou.

Fechou. Que tal o nariz do Neal Manning?

Greg sorriu e digitou: **Claro.**

Boca?

O garoto pensou bem antes de responder: **A do Zach.**

:))))))))))))))

Greg deu uma risadinha. Conseguia imaginar Hadi com um sorriso imenso daqueles.

Cabelo?

Gosto do meu msm, respondeu Greg.

Metidooo!

Greg riu de novo, então Hadi mandou:

Tenho q ir nessa.

O menino se jogou na cama e digitou:

Flw

Então pegou seu caderno e o livro sobre Energia de Ponto Zero que queria estudar. Antes de começar a ler, olhou para suas plantas. Eram a chave para tudo aquilo, não eram? Graças a elas, a conversa que tivera com Hadi era mais do que uma brincadeirinha qualquer. Quer dizer, as plantas eram o catalisador.

Aprender sobre os experimentos de Cleve Backster havia iniciado aquela empreitada.

Mas as plantas não o ajudariam naquela noite. Ele precisava revisar o que sabia sobre Geradores de Eventos Aleatórios. Folheou o livro. Sim, lá estava. Máquinas e consciência. Causa e efeito. Colocou o livro de lado e releu as últimas anotações no caderno.

Ele não tinha interpretado errado, tinha? Achava que não. Ou estava no caminho certo ou não estava. E, se não estivesse, não queria nem imaginar em qual caminho se encontrava. A atração que sentira por aquele lugar não podia ter sido mera coincidência.

A tempestade castigou a cidade por mais um dia, até desvanecer no fim da noite de domingo. A energia voltou. A escola estava funcionando normalmente na segunda de manhã.

Greg tolerou a primeira metade do dia letivo. Quando enfim deu 13h10, ficou aliviado em ir para a aula de teorias científicas avançadas. Era uma matéria eletiva para alunos do primeiro ano do ensino médio que haviam ganhado prêmios em feiras de ciências nos dois anos anteriores. A turma tinha só doze estudantes, e as aulas eram ministradas por um professor convidado, o sr. Jacoby, que também lecionava na Faculdade Comunitária de Grays Harbor.

Como sempre, Greg foi o primeiro a chegar e se acomodou na primeira bancada. Hadi era o único que se sentava ao lado dele.

O sr. Jacoby parecia agitado na sala de paredes amarelas quando o sinal tocou. Alto, magricela e sempre cheio de energia, o sujeito fazia Greg pensar numa mola comprida. Era um professor entusiasmado que não se abalava com alunos desinteressados. Greg amava todo tipo de ciência — não só tecnologia. Tal paixão rendera a ele o apelido de "queridinho do sr. Jacoby".

O professor dava aula sem parar quieto, andando de um lado para o outro da sala, como se estivesse com formigas na cueca. Às vezes, rabiscava alguma coisa no quadro branco. Em geral, só tagarelava sem parar, mas suas tagarelices eram interessantes. Aquela sala, com pequenos balcões de laboratório de madeira e cadeiras altas, era um dos lugares preferidos de Greg na escola. Ele amava a tabela periódica e os pôsteres de constelação nas paredes. Adorava o cheiro de fertilizante usado nas plantas híbridas que cresciam nos fundos da sala. Tudo naquele ambiente o remetia à ciência.

Passando a mão pelo cabelo ruivo despenteado, o sr. Jacoby começou:

— Na física quântica, tem um conceito conhecido como Energia de Ponto Zero. É a prova científica de que não existe um vácuo, um "nada". Se tirássemos toda a matéria e a energia do espaço, ainda restaria uma atividade subatômica considerável. Essa atividade é um campo de energia sempre em movimento: matéria subatômica interagindo constantemente entre si. — O sr. Jacoby esfregou o nariz cheio de sardas. — Estão acompanhando?

Greg assentiu, enfático. Hadi, sentado ao seu lado na bancada de laboratório para três pessoas, cutucou o amigo com o cotovelo e sussurrou:

— Ei, isso aí é sua praia.

O amigo o ignorou.

O professor sorriu para Greg e interpretou que sua resposta representava toda a sala, o que era um erro, mas para Greg não tinha problema.

— Ótimo — continuou o sr. Jacoby. — Então, esse conceito é chamado de Energia de Ponto Zero, porque as flutuações no campo ainda são encontradas em temperaturas de zero absoluto. Zero absoluto é o nível energético mais baixo possível, quando tudo foi removido e não deveria restar nada para gerar movimento. Faz sentido?

Greg assentiu de novo, e o professor prosseguiu:

— Ótimo. Então, nesse caso, a energia deveria ser zero, mas, quando é medida matematicamente, nunca alcança esse valor. Sempre resta vibração devido à interação contínua entre partículas. Faz sentido?

O queridinho do professor assentiu de novo, animado. Greg nem imaginava que o sr. Jacoby falaria sobre aquele assunto. *Que sorte!*, pensou, depois sorriu. Não era *sorte*. Era a Energia de Ponto Zero. O garoto estava tão empolgado que acabou perdendo os próximos minutos da explicação, mas não importava, porque já sabia tudo aquilo.

Ele só voltou a prestar atenção quando Kimberly Bergstrom ergueu a mão. Bem, só um pouco de atenção, mas conseguiu ouvir a pergunta:

— Isso é apenas uma teoria?

Também ouviu o começo da resposta do sr. Jacoby:

— Não totalmente. Considere a evolução da ciência. Antes da revolução científica…

Foi quando Greg se distraiu de novo, observando Kimberly. E quem não ficaria distraído? Cabelo preto comprido. Olhos verdes maravilhosos. Era mais bonita do que todas as modelos que Greg já tinha visto.

Ele sentiu o rosto corar, e olhou para a frente antes que alguém o flagrasse encarando a garota.

Tarde demais.

Hadi o cutucou de novo com o cotovelo. Quando Greg se virou, o amigo fez uma cara engraçada de apaixonado. Ele voltou a prestar atenção no sr. Jacoby.

Como sempre, Greg foi o último a sair da sala quando a aula terminou. O sr. Jacoby sorriu enquanto o garoto arrumava suas coisas. Greg considerou de novo a possibilidade de conversar com o professor, mas sentiu o celular vibrar. Acenando para o sr. Jacoby, ele pegou o aparelho no bolso e saiu para o corredor.

Oi, Greg. Como está?

Era um número desconhecido. Greg olhou ao redor. Quem tinha mandado aquela mensagem? Respondeu: **Td certo. Quem é?** e ficou encarando o aparelho.

Caçador.

— Ah, muito engraçado, Hadi — murmurou Greg, digitando a mesma frase para o amigo.

A resposta não foi a que ele esperava:

Tenho uma pergunta pra vc.

Manda, respondeu Greg.

Pq foi embora?

Greg revirou os olhos e mandou: **Vc é mto comédia.**

Obrigado. Agora responda.

O garoto sentiu uma batidinha no ombro e ouviu alguém dizer:

— Vai se atrasar para a aula de espanhol, *mi amigo*.

Greg se virou de supetão. Hadi ergueu uma sobrancelha e Cyril, ao lado dele, tomou um susto e deu um passo pra trás.

— Por que você está me mandando essas mensagens? — perguntou Greg para Hadi.

— Tá doido, cara? Por acaso parece que estou te mandando mensagem?

Na verdade, não. O celular de Hadi não estava à vista.

Greg olhou de novo para o próprio telefone. A pessoa conversando com ele repetiu: **Agora responda.**

O garoto se virou para Cyril.

— Você me mandou alguma mensagem?

— *No. ¿Por qué habría?*

— Não sei. E para de falar em espanhol — respondeu Greg.

Cyril o ignorou.

— *Venga* — chamou, puxando o amigo pela manga.

— Odeio espanhol — reclamou Greg.

Cyril olhou para alguém atrás do amigo e cumprimentou:

— *Hola, Manuel.*

Quando se virou, Greg deu de cara com Manuel Gomez, que tinha sido transferido para a escola semanas antes, vindo de Madri, na Espanha.

— *Hola, Cyril. ¿Como estás?*

— *Estoy bien. ¿Tú?*

— *Bueno.*

— *Oye, Manuel. ¿Conoces a Greg?* — perguntou Cyril, apontando para o amigo.

— *No.* — Manuel sorriu para Greg e estendeu a mão. — *Encantado de conocerte.*

— Ele disse "Prazer em te conhecer" — traduziu Cyril.

— *Lo sé* — falou Greg. — Não sou um completo imbecil em espanhol.

— Não um completo, mas está quase lá — brincou Cyril, e Manuel riu. Então acrescentou: — *Greg tiene muchos problemas con el español.*

— Eu posso te ajudar a estudar uma hora dessas — ofereceu Manuel, estendendo o telefone para Greg. — Me passa seu número?

— Claro.

Greg entregou seu celular a Manuel, e eles trocaram contatos.

— Ei, Ratinho! — chamou alguém, referindo-se a Cyril. — Como vai sua mãe? Ainda é uma aberração, que nem você?

Greg encarou o garoto que zombou do amigo. Pigarreou, então falou bem alto:

—Vou te ensinar um lance, Trent. "Há três coisas importantes na vida. A primeira é ser gentil. A segunda é ser gentil. E a terceira é ser gentil." Frase de Henry James.

Trent deu um empurrão no ombro de Greg.

—Você é outra aberração.

Enquanto o valentão se afastava, Hadi cutucou o amigo com o cotovelo.

—Você lê demais.

— E você lê de menos.

Ao mesmo tempo, os dois disseram com a voz exageradamente grave:

— O universo em equilíbrio. — Depois se cumprimentaram com um soquinho e finalizaram com um: — Tchá!

Do nada, dois alunos no corredor trombaram de propósito com Greg, e um deles disparou:

— Vocês são muito esquisitos.

— E com orgulho! — rebateu Greg.

Hadi balançou a cabeça.

Manuel deu um tapinha no ombro de Greg.

— Eu também gosto do Henry James — comentou, sorrindo e estendendo o punho fechado para cumprimentá-lo com um soquinho. Greg fez o mesmo.

Depois, enfiando o celular no bolso, Greg seguiu Cyril e Hadi até a sala de espanhol. Decidiu que não falaria mais com eles sobre as mensagens, mas não conseguia parar de pensar naquela conversa estranha. Se não tinha sido Hadi ou Cyril, quem era? Será que havia outra pessoa na pizzaria no sábado à noite? Será que aquela porta batendo era um sinal disso? Ou alguém viu o grupo saindo do restaurante, depois entrou lá e encontrou o Caçador?

A possibilidade de terem sido observados fez Greg sentir um calafrio. Mas a ideia de *não* terem sido observados era ainda mais assustadora. Será que era possível? Ele se recusou a cogitar aquele cenário. Pelo menos, por enquanto.

No dia seguinte, continuava pensando no assunto. Muito mesmo. Naquele meio-tempo, havia recebido dezenas de mensagens do Caçador e entendera que realmente *só podiam* ser do animatrônico. Era impossível terem sido enviadas por outra pessoa, porque ninguém saberia de todas as coisas que o Caçador sabia. O animatrônico tinha se conectado a Greg. Logo ficou claro que o objeto estava sincronizado com o celular do garoto e que tentava fazer jus a seu nome. Quando Greg disse para Cyril que precisava de mais tempo para fazer o dever de casa, o Caçador enviou o link de uma matéria sobre gestão de tempo, e um aplicativo de cronômetro apareceu em seu celular. Quando Greg pesquisou na internet sobre GEAs, recebeu outro link do Caçador para uma notícia sobre a pesquisa mais recente a respeito de intenção e Geradores de Eventos Aleatórios. Assim que o garoto terminou de ler o texto, o Caçador enviou:

01010100 01110101 01100100 01101111 00100000 01100010 01100101 01101101 00111111

Greg ficou confuso até se lembrar de parte da notícia que acabara de ler. Falava sobre experimentos que usavam GEAs para medir se pessoas eram capazes de, através do pensamento, causar efeitos no mundo físico. Greg sabia que essas máquinas geravam números 1 e 0 de forma aleatória. *Uns e zeros*, pensou o garoto. Seria possível?

Ele copiou a mensagem do Caçador e a jogou num conversor de código binário para texto. O Caçador havia perguntado "Tudo bem?".

Greg estremeceu ao responder **Tudo bem**. Na verdade, não sabia se estava tudo bem. Estava tudo assustador demais para ser considerado tudo bem.

Mas as coisas começaram a ficar ainda mais estranhas... como se receber mensagens de um antigo cachorro animatrônico não fosse bizarro o suficiente.

Certo dia, Greg disse à mãe pelo telefone que estava com vontade de comer chocolate. Ela repetiu o que sempre dizia quando o filho queria comer um doce:

— Isso não faz bem. Coma uma maçã.

Porém, quando ela chegou do mercado, tirou uma barra de chocolate das sacolinhas.

— Como isso veio parar aqui? — perguntou a si mesma, meio irritada, colocando o cabelo loiro de corte chanel atrás da orelha. — Não comprei chocolate.

No entanto, quando conferiu a nota fiscal, viu que estava no pedido feito pela internet.

— Deve ter sido algum problema técnico. Vou ter que mandar um e-mail para o mercado — disse ela. E, quando viu que Greg a fitava, acrescentou: — Bom, é seu dia de sorte.

A mãe jogou o chocolate para ele.

O garoto pegou a barra, mas não conseguiria comer ainda. Estava empolgado demais. Aparentemente, o Caçador tinha acabado de caçar uma barra de chocolate para ele.

O que mais o cachorro animatrônico podia fazer?

E como ele fez aquilo?

Greg conseguia aceitar que o Caçador estava sincronizado com seu telefone… mas era impossível que tivesse se conectado ao celular da mãe também, não era?

As mensagens de texto continuaram, dia após dia. Às vezes, Greg respondia. Às vezes, não. Mas anotava tudo no caderno. Aquelas eram contribuições importantes para seu projeto.

Várias conversas com o Caçador não faziam sentido. Como quando o cachorro enviou: **Não faça nada idiota.**

Pq eu faria algo idiota?, perguntou Greg.

Não sei.

Às vezes, as mensagens eram claras. Um dia, Greg escreveu para Cyril que estava enrolado com a tarefa de casa de espanhol e que precisava de uma tradução para: "Não sei como fazer bolo de banana sem ovos nem farinha." O amigo não respondeu, mas o Caçador mandou: **No sé cómo hacer pan de plátano sin huevos ni harina.**

Quando Cyril respondeu, já era de noite. Ele sugeriu a mesma tradução que o Caçador.

Será que era hora de Greg contar aos amigos o que estava acontecendo?

Decidiu esperar.

Mas então... a aranha surgiu.

Algumas semanas antes do Natal, Greg estava em casa cuidando de Jake, no trabalho de babá que agora ocupava seus sábados. Darrin — chamado de "tio Dare" tanto por Greg *quanto* por Jake, devido à sua amizade com a sra. McNally — havia sugerido que fizessem um "piquenique de dia chuvoso", com direito a toalha com estampa de carinhas felizes, alguns vasinhos de plantas, insetos de plástico e um cesto de vime cheio de sanduíches de sabores criativos (como patê de alcachofra com provolone e uva-passa ou frango e manteiga de amendoim no pão de centeio integral). Felizmente, o tio sabia que Greg não tinha um paladar tão aventureiro, então incluiu alguns sanduíches normais de patê de atum também. Arrumaram o piquenique no chão da sala de estar, perto do janelão com vista para as dunas e o oceano. Mal dava para ver o mar por causa da chuva; um tom de cinza se mesclava ao outro.

Jake amou a ideia do piquenique, mas não gostou nem um pouco da imensa aranha de plástico posicionada no cantinho da toalha. O menino de quatro anos ficou tão assustado que Greg sugeriu que suspendessem o evento. Pegou duas espátulas e, tornando a cena um espetáculo, colocou a aranha numa sacola de plástico fechada. Mas isso não foi suficiente para Jake.

— Fora! — exigiu o menino, apontando para a porta com o dedinho gorducho.

Então Greg vestiu a capa de chuva e saiu para o quintal. Enquanto Dare e Jake supervisionavam tudo de dentro de casa, Greg cavou um buraco na lama e enterrou o bicho de plástico.

Satisfeito, Jake comeu o resto do piquenique sem reclamar.

— Bom trabalho, garotão — disse Dare para o sobrinho.

Greg aceitou o elogio. Nunca recebia elogios do pai — que, como sempre, estava trabalhando. O garoto nem pensava na reprovação dele quando Dare estava por perto. O tio deixava tudo melhor.

Pouco antes do Natal, Greg e Hadi conversavam por telefone sobre Trent.

— Ele é um idiota — comentou Greg, deitado na cama.

Estava observando suas plantas e mandando pensamentos na direção delas, como alguém faria com um Gerador de Eventos Aleatórios. Tal qual nos experimentos de Cleve Backster, as plantas pareciam estar reagindo bem a suas intenções.

— Não dou a mínima para esse garoto — disse Hadi. — Mas sei que ele assusta o Cyril.

— Sim.

— Alguém precisa dar um susto nesse moleque — propôs Hadi. — Pensei em aranhas. Outro dia, escutei ele falando pro Zach que tem medo de aranha.

— Sério? — perguntou Greg, rindo. — Tenho uma de plástico enterrada no quintal. Se a chuva parar, posso ir lá desenterrar antes de passar aí.

— Perfeito. Ho-ho-ho! Vai ser uma surpresa e tanto quando ele for conferir os presentinhos na meia de Natal.

Greg esperou algumas horas, mas a chuva não diminuiu. Continuava tamborilando sem parar no telhado. Se não tivesse prometido que iria até a casa de Hadi ajudar com os embrulhos de Natal, não teria saído.

Mas promessas eram promessas, então ele se preparou para a chuva e abriu a porta.

Quase deu um berro quando olhou para baixo e viu uma aranha imensa cobrindo o BEM do BEM-VINDOS, AMIGOS no capacho comprado pela mãe. Recuando num salto, encarou o bicho e só então compreendeu o que estava vendo.

Greg sentiu o coração acelerar.

Não. Era. Possível.

Mas ali estava a aranha de plástico que tinha enterrado — ainda no saquinho plástico, agora todo enlameado.

Ninguém além de Dare e Jake sabiam onde ela estava. O garotinho e sua família tinham ido passar o Natal no Havaí, e o tio estava esquiando com amigos. "Queria que você estivesse aqui no nosso Natal com neve, garotão", dissera Dare ao telefone na noite anterior.

Inclinando-se para pegar a sacolinha pelo canto, como se dentro do plástico houvesse uma criatura mortífera, Greg a ergueu diante do rosto e analisou com cuidado. Aquilo nas bordas eram marcas de dentes?

Ele deixou o saquinho cair.

Seu celular vibrou. Greg prendeu a respiração e, atrapalhado, pegou o aparelho.

Feliz Natal.

Feliz Natal pra vc tb, Caçador, digitou Greg, tentando ignorar o tremor nas mãos.

Não esperou uma resposta. Reprimindo o ímpeto de atirá-lo nas moitas do jardim, enfiou o celular no bolso da calça. Tinha chegado a hora. Precisava contar tudo para os amigos.

No dia seguinte ao Natal, os garotos se reuniram no quarto de Greg. Ele estava sentado com as costas apoiadas na cabeceira azul-escura da cama. Os amigos tinham se esparramado no pé do colchão. O garoto olhou ao redor, reconfortado pela familiaridade do quarto. Pôsteres de musicais, fotos de cachorros fofinhos e duas prateleiras cheias de livros ladeavam o janelão voltado para o mar. O céu estava pintado de um cinza fosco, como se um artista sem noção de profundidade tivesse apenas jogado tinta no horizonte. Na parede de frente para a janela, havia prateleiras repletas de plantas, sob um conjunto baixo de luzes de cultivo. Sua antiga escrivaninha de tampo móvel, um presente de Dare, ficava ao lado da porta. No meio da cama, Greg tinha deixado um prato de biscoitos de gengibre que assara dois dias antes.

Pegando um biscoito, Hadi perguntou:

— Qual é a pauta deste encontro urgente?

— Pois é, o que houve? — questionou Cyril. — Eu ia aproveitar as liquidações pós-Natal com a minha mãe.

Hadi balançou a cabeça.

— Nossa, cara, você ouviu o que acabou de falar? Dava na mesma usar uma camiseta escrito "me zoem".

Greg jogou uma meia chulezenta em Hadi.

— Deixa ele em paz. Não tem problema gostar de fazer compras com a mãe.

Com uma mesura brincalhona, Hadi falou:

— Tens razão. — Depois assentiu para Cyril e disse, sincero: — Foi mal.

— Tudo bem.

No silêncio que se seguiu, Greg pensou em como explicaria tudo. Bom, talvez não *tudo*. Talvez só algumas coisas. Mas precisava mencionar o Caçador.

Ele olhou para a mesinha de cabeceira, cheia de pilhas de livros, papéis e seu celular, que ainda recebia mensagens do animatrônico. A mais recente chegara uma hora antes de Cyril e Hadi aparecerem: **Precisa de comida pra reunião?**

Não, valeu, Greg tinha respondido.

Ele respirou fundo, franzindo o nariz ao sentir o cheiro do sachê de lavanda que a mãe havia escondido em algum lugar do quarto. Por mais que tivesse procurado em todos os cantos, ainda não o encontrara. Preferia o cheiro de roupas suadas.

— Certo, não tem outro jeito de falar a não ser falando — começou ele.

Hadi e Cyril olharam para o amigo.

— O Caçador anda me mandando mensagens — contou Greg.

Os garotos o encararam, confusos.

— Caçador? Quem é esse? — perguntou Hadi.

— Calma... Está falando daquela coisa com cara de cachorro? O prêmio lá da pizzaria? — perguntou Cyril. — Isso é zoeira?

Greg negou com a cabeça. Pegou uma das pilhas de papel da mesa de cabeceira — eram todas as mensagens do animatrônico, impressas — e a entregou para Cyril.

— Olha só isso — disse Greg.

Cyril e Hadi se aproximaram para ler ao mesmo tempo.

— Não pode ser real — falou Cyril, a voz ainda mais aguda que o normal.

Hadi folheou os papéis. Olhou para Greg, então disse para Cyril:

— Não acho que ele ia pregar esse tipo de pegadinha na gente.

— Não, claro que não — assegurou Greg. — Querem ver meu telefone? Sou inteligente, mas não o suficiente para forjar mensagens de celular.

Hadi balançou a cabeça. Levantou-se de repente e começou a andar em círculos no tapete azul e vermelho trançado do quarto.

— Ele deve ter sincronizado com o seu telefone, cara — disse Hadi, enfim.

Greg assentiu, falando:

— Sim, só que...

— Pera aí — interrompeu Cyril. — Não manjo muito de tecnologia, mas não acho que uma máquina antiga como aquele cachorro animatrônico conseguiria sincronizar com um smartphone moderno. É impossível.

— Mas está *óbvio* que foi o que aconteceu — declarou Hadi.

— Não é só questão de estar sincronizado — explicou Greg, pegando o saquinho plástico enlameado com a aranha e o erguendo.

Sentiu que deveria falar "Prova número 1", mas não disse nada.

— O que é isso? — perguntou Cyril, se afastando tão rápido que caiu da cama com um estrondo abafado. Ele se levantou com um salto.

— Foi mal — disse Greg, reprimindo uma risadinha. — Não é de verdade.

Ele contou aos amigos a história do piquenique e do surgimento do saco desenterrado na soleira da porta.

Cyril o encarou, incrédulo, depois alternou o olhar entre Hadi e Greg. Por fim, disse:

— Nem ferrando.

— Deixa eu ver isso — demandou Hadi, arrancando o saquinho da mão de Greg e o analisando. — Olha aqui, são marcas de dente!

— Nem ferrando — repetiu Cyril.

— Pois ferrou — falou Hadi.

— Acho que é como as minhas plantas — começou Greg, sentindo que era hora de compartilhar sua teoria.

Os amigos apenas o encararam.

— Como assim? — perguntou Hadi.

— Já ouviram falar de Cleve Backster? — questionou Greg, quase certo de que a resposta seria negativa.

Ambos balançaram a cabeça. Greg explicou:

— Ele era um especialista em polígrafo que começou a fazer uns experimentos com plantas na década de sessenta.

— Tá — falou Hadi. — E daí?

— Backster teve a ideia de conectar uma planta a um polígrafo para tentar medir quanto tempo a água levaria para ir da raiz à folha. Não conseguiu aprender nada sobre isso, mas descobriu uma coisa muito maneira.

Greg fez uma pausa dramática.

Cyril e Hadi ainda encaravam a aranha na sacolinha. Não deviam estar prestando atenção. Mesmo que estivessem, Greg se deu conta de que não estava pronto para dividir suas ideias com os amigos.

— E se tinha alguém lá na pizzaria ao mesmo tempo que a gente, e essa pessoa agora está te perseguindo? — sugeriu Cyril, confirmando que Hadi e ele não haviam ouvido uma palavra sequer da explicação de Greg.

— Tipo um *stalker*? — perguntou Hadi.

— E essa pessoa hackeou meu celular? — acrescentou Greg.

— Isso é doideira.

Mas era mais doideira do que o que ele achava que estava acontecendo?

O celular do garoto vibrou. Assim que leu a nova mensagem, Greg derrubou o aparelho na cama.

Hadi e Cyril alternaram o olhar entre o aparelho e o amigo. Greg apontou para o celular. Quando os dois se inclinaram para a frente, ele fez o mesmo e leu a mensagem de novo.

MUAHAHAHA

— Isso é o que estou pensando que é? — perguntou Cyril.

Hadi ficou pálido e retribuiu o olhar arregalado de Greg.

— Uma risada maléfica — disseram todos em uníssono.

Um cachorro animatrônico que queria ser útil? Tudo bem. Um cachorro animatrônico que queria ser útil e tinha senso de humor? Tudo bem, também. Mas um cachorro animatrônico que tinha planos malignos... Bom, aí já era assustador.

Greg desistiu de tentar explicar para Hadi e Cyril sua teoria sobre o Caçador. Depois que terminaram de surtar com a mensagem da criatura, o garoto disse aos amigos que os manteria atualizados e decidiu que havia chegado a hora de conduzir novos experimentos.

Ir até o restaurante abandonado tinha sido um experimento cujo resultado ele ainda não sabia interpretar. Começara com o garoto projetando uma intenção, um desejo acompanhado pela vontade de que ele se realizasse. Aquilo havia gerado um impulso de agir. E esse impulso o levara ao restaurante, onde tinha encontrado o Caçador. Mas qual era o papel do animatrônico naquela história toda?

Greg precisava descobrir.

Então decidiu começar com algo pequeno e específico.

No dia seguinte, obteve o primeiro resultado do novo experimento. O sr. Jacoby — parecendo ainda mais nerd que o normal com uma camisa xadrez azul de mangas curtas sob um colete de lã com estampa de losangos vermelhos e azuis — começou a aula de teorias científicas avançadas dizendo:

— Bom, agora que já entendemos a Energia de Ponto Zero, vamos tentar descobrir o que isso significa para o mundo real. Para tanto, vamos falar sobre Geradores de Eventos Aleatórios.

Que demais!, pensou Greg.

— Um Gerador de Eventos Aleatórios, também conhecido como GEA, é como se fosse uma máquina que joga cara ou coroa — explicou o sr. Jacoby. — Não literalmente, claro. É uma máquina projetada para gerar resultados aleatórios, assim como os obtidos ao jogar uma moeda para cima. Desde que não seja uma moeda viciada. — O professor sorriu e continuou: — Porém, em vez de caras e coroas, os GEAs produzem pulsos positivos ou negativos e depois os transformam nos dígitos um ou zero. Vocês já sabem que isso é código binário, a linguagem dos computadores. Quando os pulsos estão em código binário, podem ser armazenados e contados. Pesquisadores construíram os GEAs para estudar o impacto dos pensamentos sobre certos eventos. Faz sentido?

Greg assentiu, e notou que Kimberly também.

— Excelente. — O sr. Jacoby bateu palma. — Então, consegui arranjar um pequeno Gerador de Eventos Aleatórios, e vamos fazer alguns experimentos de intenção com ele. Vou separar vocês em duplas.

Greg se concentrou no resultado que queria. *Será que vai funcionar?*

Precisou esperar apenas duas duplas serem formadas para descobrir.

— Próxima dupla... — anunciou o sr. Jacoby. — Greg e Kimberly.

A garota se virou graciosamente na cadeira, o cabelo esvoaçando como se estivesse num comercial de xampu. Quando sorriu para Greg, os ossos dele quase derreteram. O garoto precisou agarrar a bancada do laboratório.

Projetar sua intenção tinha funcionado.

Sorrindo para Kimberly e acenando com tanto entusiasmo que o sorriso da garota vacilou um pouco, Greg se forçou a permanecer sentado. Sabia que, se fizesse uma dancinha feliz, seria zoado por anos.

O sr. Jacoby fez todos os alunos mudarem de lugar para as duplas se sentarem juntas. Instruiu que pegassem o número de telefone um do outro, porque precisariam manter contato. Greg teve que se concentrar para sua mão não tremer enquanto Kimberly e ele trocavam de celulares. Pegou o dela, protegido por uma capinha roxa brilhante, e digitou o próprio número. Depois que os aparelhos voltaram para seus respectivos donos, o sr. Jacoby começou a explicar o experimento.

O telefone de Greg vibrou. Obedecendo às regras de uso de eletrônicos em sala de aula, o garoto simplesmente ignorou. Só conferiu o celular quando já estava no corredor, depois de ter marcado um horário com Kimberly para realizarem a primeira etapa do experimento.

O Caçador tinha enviado uma mensagem:

Parabéns.

No fim do dia letivo, Greg mal podia esperar para chegar em casa e anotar seu triunfo no caderno. Infelizmente, tinha perdido o ônibus naquela manhã. Precisou ir para a escola de bicicleta, o que não havia sido um grande problema, mas à tarde o vento soprava vindo do sudeste, e era impossível pedalar rápido o suficiente para superar as rajadas que o lançavam com força na direção da escola. Depois de um tempo, desistiu de pedalar e seguiu a pé, empurrando a bicicleta até em casa. Estava tão perdido em pensamentos que se esqueceu do pequeno monstro que vivia na casa do vizinho.

Um míssil raivoso e peludo partiu para cima dele a toda velocidade. O cachorro usou uma mesa do quintal para tomar impulso e saltar por cima da cerca na direção de Greg.

— Droga! — gritou o garoto, quase indo parar em Marte com o susto.

Ele largou a bicicleta e a mochila. Conseguiu pegar o cachorro bem no instante em que o animal acertou seu peito, os dentes estalando na tentativa de morder sua jugular.

Qual era o problema daquele bicho? Por puro reflexo, Greg o jogou de volta por cima da cerca baixa.

Quando atingiu o chão, o cachorro avançou contra as tábuas de madeira, latindo e rosnando. Greg não esperou para ver o que aconteceria depois: pegou a mochila e a bicicleta e correu para casa. Uma vez lá dentro, notou que estava hiperventilando. O garoto se largou no chão, em meio à poça criada pela água acumulada na capa de chuva, e mandou uma mensagem para Hadi: **O Cachorro do Capeta acabou de tentar pular no meu pescoço. Quase tive um treco.**

Vc tá bem?, perguntou Hadi.

Mexido, não batido, digitou Greg, fazendo referência à famosa fala de James Bond.

Hadi respondeu: **hahahaha.**

Naquela noite, Greg teve um pesadelo. Já era de se esperar. No sonho, passou a noite inteira na pizzaria abandonada sendo perseguido pelo Caçador, depois por um homem sem rosto e, por fim, pelo cachorro do vizinho. Enquanto isso, plantas cresciam tão rápido dentro do restaurante que o lugar virava uma selva. No palco, um Gerador de Eventos Aleatórios cuspia os dígitos 0 e 1 tão rápido que era impossível registrá-los a olho nu.

O garoto acordou todo suado. Será que o sonho significava que suas intenções estavam funcionando... ou não?

Tentando deixar a sensação ruim de lado, Greg olhou pela janela e viu que a chuva caía oblíqua. Mais ventania? Dare estava certo sobre as tempestades de inverno daquele ano.

O garoto se vestiu rapidamente, atrasado para a escola. Correu até a porta e acenou para a mãe, que estava ao telefone. Ignorou o pai, que franzia a testa para uma planilha no laptop enquanto bebia seu café.

Greg colocou a capa de chuva, pegou a mochila e saiu pela porta, descendo rápido os degraus de casa. Porém, quando chegou na base da escada, se deteve tão rápido que perdeu o equilíbrio e precisou agarrar o corrimão.

Seus olhos se arregalaram. O coração começou a bater descompassado. O estômago se revirou.

Aquilo não podia estar acontecendo.

Desviando o olhar do chão diante de si, Greg cambaleou até o arbusto mais próximo e vomitou. Tinha apenas água no estômago, que saiu junto com uma bile amarelada. Depois, apesar da barriga vazia, sentiu mais enjoo e precisou aguentar outra rodada de ânsias.

Por fim, sentou-se no primeiro degrau da escada e limpou a boca. Estava com os dedos gelados e endurecidos.

Respirou fundo várias vezes, fazendo uma careta ao sentir o cheiro do próprio vômito e da coisa que jazia ao lado de sua bicicleta. Greg se levantou a contragosto. Estava com as pernas tão fracas que elas pareciam não querer se mover... mas Greg precisava agir antes que seus pais saíssem de casa.

Olhando desesperadamente ao redor, como se alguém fosse surgir do nada para ajudá-lo (sendo que uma testemunha era a última coisa que ele queria), tentou pensar no que fazer. Na verdade, sabia o que precisava fazer. Tinha que tirar aquela coisa dali. Só que, para isso, precisava encostar nela.

Não iria encostar nela nem a pau.

Ele deu um tapinha na própria testa e disse:

— Pensa, idiota!

A exclamação funcionou. Greg tirou o chaveiro do bolso e foi até o barracão de jardinagem que ficava nos fundos da casa. Derrubou as chaves duas vezes antes de colocar a certa na fechadura. Já estava encharcado quando enfim conseguiu entrar no barracão e pegar um saco de lixo preto.

Uma vez em ação, parecia estar se movendo na velocidade da luz. Bateu e trancou a porta do barracão, sem se preocupar com o barulho, porque o som do vento e da chuva o abafaria. Ele correu de volta até a bicicleta.

E, mais um vez, precisou encarar a cena que não queria ver. Mas, desta vez, se forçou a olhar — a olhar para valer.

O cachorro do vizinho jazia morto perto da roda traseira da bicicleta de Greg. Tinha sido degolado, e estava com a barriga cortada e as tripas espalhadas pelo chão de concreto. O corpo parecia duro, com os olhos arregalados, como se estivesse encarando algo com medo — talvez pela primeira e última vez na vida. Greg se forçou a examinar os ferimentos do cachorro. Sim. Era exatamente do que sua mente suspeitara quando vislumbrou o corpo ao sair de casa. O cão não tinha sido morto com uma faca ou outro objeto afiado, e sim ferozmente destroçado por dentes e garras. Tinha sido atacado por outro animal.

Greg sentiu ânsia de novo e precisou reprimir o vômito. Respirando pela boca, abriu o saco de lixo e o jogou sobre o cadáver. Depois que o cobriu, passou o plástico por baixo do corpo e o usou para coletar as entranhas. Quando terminou, levou o pacote até as moitas entre o terreno dele e o do vizinho e esvaziou tudo no meio do mato. O cachorro caiu no chão com um som úmido repugnante.

O garoto olhou para casa para garantir que nem o pai nem a mãe estavam observando a cena pela janela. Não. Tudo sob controle. A casa do vizinho era térrea. Não dava para ver o quintal da família de Greg, e aquela parte da propriedade também era fechada para a rua. Ninguém tinha visto. Ainda assim, aquele não era o melhor plano do mundo.

Mas era o melhor disponível no momento.

Se o cão fosse um ser humano, a perícia apontaria o envolvimento de Greg no crime num piscar de olhos. Porém, o cadáver era de um animal. Não haveria uma investigação quando o corpo fosse encontrado. Parecia que o bichinho maléfico tinha sido atacado por um coiote.

Mas não era o caso.

Por mais que quisesse acreditar naquilo, Greg sabia que um coiote jamais mataria um cachorro e depois o deixaria ao lado de sua bicicleta. Estava bem claro o que tinha acontecido: o cachorro foi colocado ali. Embora houvesse pequenas manchas de sangue do animal perto da roda da bicicleta, não era nem de longe a quantidade esperada para ferimentos tão violentos. Ele devia ter sido morto em outro lugar.

Não, coiotes não estavam por trás da morte do cão.

Greg notou que continuava paralisado ao lado das moitas. Embolou o saco de lixo, correu até a lixeira ao lado da casa e enfiou o plástico no meio dos resíduos da cozinha. Depois, fechou a tampa.

Foi quando seu celular vibrou.

Greg não queria olhar.

Mas precisava. Como o garoto já esperava, era uma mensagem do Caçador:

De nada.

Greg ainda encarava a tela quando chegou outra mensagem, desta vez de Hadi: **Kd vc?**

Ele estava cinco minutos atrasado para pegar o ônibus na casa do amigo. Digitou às pressas: **Foi mal, perdi a hora.**

Depois, pegou a bicicleta e saiu pedalando pela chuva, torcendo para que o vento às suas costas o ajudasse a chegar na casa de Hadi antes do ônibus.

Durante o dia, Greg prestou pouquíssima atenção no que acontecia ao seu redor. Sempre que tinha a oportunidade, pegava o celular e deletava mensagens de texto antigas.

A aranha assustara o garoto, mas o cachorro morto o aterrorizara... O Caçador tinha *matado* o animal para ajudar Greg. Que outras "ajudas" o animatrônico tentaria oferecer? Depois de encontrar o cadáver, Greg tinha concluído que o Caçador seria capaz de fazer coisas horríveis a partir de tudo que o garoto já havia dito que queria. Então, ele tentou apagar conversas em que tivesse dito que queria ou precisava de algo.

O problema era que o Caçador parecia estar acessando mais do que mensagens antigas e conversas por telefone. Ele conseguia ouvir toda a vida de Greg. *Mas como?*

Ele precisava falar com Hadi e Cyril de novo. Precisava da ajuda dos amigos.

Infelizmente, Greg demorou dois dias para convencê-los a ajudá-lo a fazer o que sabia que precisava fazer.

Foi só na saída que consegui contar a eles sobre o cachorro do vizinho. Como era de se esperar, os dois surtaram. Cyril quis esquecer tudo no instante em que ouviu a notícia. Já Hadi disse que queria ver "o presunto". Então acompanhou Greg até sua casa, e os dois ficaram lado a lado na chuva, encarando o cachorro morto — que agora não passava de uma pilha nojenta e molhada de vísceras e pelagem.

— Quero voltar ao restaurante — disse Greg para o amigo assim que entraram no quarto.

Hadi o encarou, depois apontou para trás e perguntou:

— Depois daquilo, você ainda quer voltar?

— Bom, "querer" não é a palavra certa. Mas preciso voltar. Preciso descobrir o que está acontecendo.

Hadi, inconformado, avisou que estava indo para casa.

Mas Greg era persistente. Ficou no pé dos amigos, mandando mensagens a tarde toda, depois insistiu pessoalmente na manhã seguinte e por telefone no resto do dia até convencê-los a voltar ao restaurante com ele. Depois da aula, os três se encontraram no pátio da escola e correram em meio à chuva até o ônibus.

— Ainda vai estar chovendo hoje à noite — avisou Greg. — Vai ter menos gente na rua.

— Aham. Que seja — falou Hadi.

— A gente vai morrer — lamentou Cyril.

— A gente não vai morrer — disse Greg, rindo.

Então por que seu estômago estava se revirando e seu coração parecia prestes a sair pela boca?

Foi um pouco mais difícil para Cyril e Hadi se livrarem das famílias numa tarde de quarta-feira, mas ambos disseram que iam fazer as tarefas de casa juntos na casa de Greg. Os pais dele, como de costume, tinham saído. A mãe começara a trabalhar meio período como recepcionista num dos hotéis da cidade. O garoto não sabia muito bem por quê, e nem perguntou. Já o pai estava trabalhando até tarde, acompanhando a obra mais recente.

"Odeio a parte dos acabamentos", reclamara o pai pela manhã. "É quando os clientes ficam mais pentelhos."

Na primeira visita ao restaurante, Greg e os amigos tinham se armado apenas com um pé de cabra e lanternas. Na segunda, porém, também levaram facas de cozinha, e Hadi colocou o bastão de beisebol na mochila.

Foi ainda mais fácil invadir o restaurante do que na primeira vez. A porta dos fundos que arrombaram ainda não tinha sido consertada nem substituída. Precisaram apenas puxar a porta pesada e se espremer para dentro.

No interior do estabelecimento, acenderam as lanternas e varreram o recinto com os feixes de luz. Começaram pelo chão, todos juntos; claramente, tiveram a mesma ideia. Estavam procurando por pegadas além das deles na poeira que cobria o piso de linóleo azul rachado. Infelizmente, tinham deixado tantas marcas na primeira visita que era impossível identificar se mais alguém havia passado por ali.

— Temos um plano? — perguntou Cyril quando seguiram para o corredor.

Greg notou que os três estavam com a respiração ofegante. Ele parecia sem ar quando falou:

— Acho que devemos começar encontrando o Caçador.

Os três avançaram lado a lado pelo corredor, bem próximos um do outro. A construção parecia muito mais silenciosa, já que a chuva — embora constante — estava bem mais fraca. Além disso, a cidade tinha sido tomada pela neblina, que tendia a abafar o som da precipitação.

— Então, descobri uma coisa sobre a pizzaria — comentou Cyril, a voz alta e forçada demais.

— O quê? — perguntou Hadi.

— Ela fazia parte de uma rede que... fechou depois que algo aconteceu numa das unidades.

— E o que aconteceu? — questionou Greg.

— Não sei. Demorei um tempão para descobrir isso. Só encontrei uma referência ao tal acontecimento num fórum de pessoas que gostam de explorar lugares abandonados.

Hadi se deteve de repente, o feixe da sua lanterna tremendo ao iluminar o chão.

— O que foi? — perguntou Cyril.

Greg acompanhou a luz da lanterna de Hadi.

Cyril gritou.

Greg não o julgou por isso.

Pegadas de cachorro saíam do salão da pizzaria e levavam à entrada.

— Que merda...? — soltou Hadi, ainda congelado no lugar.

— Você ligou mesmo o cachorro — disse Cyril para Greg.

— Foi uma péssima ideia — reclamou Hadi.

Antes que Greg pudesse responder, ouviram o som de algo caindo dentro de um dos cômodos que davam para o corredor. Todos estavam com as portas fechadas.

Cyril gritou de novo. Hadi deixou a lanterna cair.

— A gente precisa ver o que tem nessas salas — falou Greg.

Hadi pegou a lanterna do chão e apontou para o rosto de Greg, que fechou os olhos e se virou para longe da luz.

— Ficou doido? — perguntou Hadi.

— Talvez. Mas preciso descobrir o que está acontecendo. Vou investigar. Não precisam vir comigo se não quiserem.

— Eu não quero — confirmou Cyril.

— Beleza — disse Greg.

O garoto tirou o pé de cabra da mochila, olhou para a faca e percebeu que não tinha mãos suficientes para segurar as duas armas e a lanterna ao mesmo tempo. Então apertou os dedos ao redor do pé de cabra e da lanterna e deu alguns passos na direção da porta mais próxima. Notou uma plaquinha, que tinha ignorado da primeira vez: SALA DE CONTROLE.

Ele prendeu o pé de cabra debaixo do braço e levou a mão à maçaneta.

Hadi surgiu ao seu lado.

— Não posso deixar você entrar nesse lugar sozinho, cara.

O amigo sacou o taco de beisebol da mochila e o empunhou com força.

Cyril se aproximou todo esbaforido, exclamando:

— Não vou ficar aqui fora sem mais ninguém!

—Valeu — disse Greg, girando a maçaneta.

Ele respirou fundo e escancarou a porta. Num movimento ágil, ergueu o pé de cabra diante do corpo.

Os feixes das três lanternas cortaram a escuridão empoeirada, revelando uma série de monitores e teclados antigos, além de painéis de controle repletos de botões e alavancas. Eram as únicas coisas no cômodo.

— Não vejo nada que possa ter causado aquele barulho — disse Hadi.

Greg confirmou com a cabeça.

—Vamos tentar outra porta.

— Espera — pediu Hadi. Ele foi até o teclado mais próximo e apertou algumas teclas, depois pressionou botões aleatórios nos painéis de controle. Nada aconteceu, e o menino deu de ombros. — Precisava testar.

Criando coragem com o gesto do amigo, Cyril adentrou o espaço e também acionou alguns botões. Nada aconteceu.

Greg saiu da sala e foi para a próxima porta fechada. Os amigos o seguiram.

A porta tinha uma placa que dizia SEGURANÇA, e o espaço era muito similar ao anterior. Monitores obsoletos retribuíram o olhar dos garotos. Nada parecia funcionar.

Enfim chegaram à última porta fechada, identificada como DEPÓSITO.

— O som deve ter vindo daqui — supôs Greg.

Ele levou a mão à fechadura.

— Espera! — gritou Cyril, agarrando seu braço.

Greg olhou para o amigo.

— Você nunca falou o que queria fazer aqui — exigiu Cyril. — Por que a gente veio?

— É verdade, cara — concordou Hadi. —Você só fica falando que precisa "ver". Ver o quê? O Caçador? O que vai fazer quando encontrá-lo? Interrogar o bicho? Discutir com ele? É um robô.

— Pois é — concordou Cyril. — Além disso, quando a gente foi embora da outra vez, ele não estava ali dentro — acrescentou o garoto, apontando para a porta.

Greg não sabia explicar por que precisara voltar à pizzaria.

— Preciso descobrir se tem mais alguém aqui, pregando uma peça na gente — disse ele aos dois. — E se for mesmo o Caçador, quero ver como ele está fazendo isso.

Greg nem se deu ao trabalho de explicar por que precisava entrar naquela sala. Antes que os outros pudessem protestar outra vez, ele abriu a porta.

E recuou no mesmo instante, trombando com os amigos. Cyril gritou. Hadi arquejou.

Sob os feixes brilhantes das lanternas, encarando os meninos, havia quatro animatrônicos em tamanho real. Eram cinco vezes maiores que o Caçador, que tinha mais ou menos o porte de um beagle.

Greg se recompôs primeiro. Iluminou o cômodo e, cada vez que a lanterna revelava alguma coisa, prendia a respiração. Além dos quatro animatrônicos, a sala também estava repleta de peças sobressalentes e fantasias de personagens. O suficiente para um guarda-roupa inteiro.

Na penumbra quebrada apenas pelos feixes de luz, dezenas de olhos os encaravam sem ver. Pelo menos, Greg assim esperava.

Seus amigos não tinham falado nada desde que ele abrira a porta. De repente, um grunhido rouco encheu o cômodo. As lanternas percorreram o espaço freneticamente, procurando a origem do som.

A perna de um dos animatrônicos pareceu se mover. De repente, uma coisa pequena, escura e peluda disparou de trás dela, latindo e saltando na direção dos garotos. Depois, saiu correndo da sala. Antes que os três pudessem fazer mais do que gritar, a coisa desapareceu de vista.

Cyril se afastou da porta. Greg e Hadi foram atrás.

Ninguém pensou muito.

A coisa que saltou na direção deles era o Caçador, não era?

Só podia ser.

Hadi ou Greg poderiam ter acertado o Caçador — ou o que quer que fosse aquilo — com o taco de beisebol ou o pé de cabra, mas Greg sequer pensara na possibilidade. Nem Hadi, ao que parecia. Tinham apenas uma ideia na mente: *correr.*

Enquanto disparavam pelo corredor rumo à saída, Greg tentou não reparar nos grunhidos e sons de patas que pareciam perseguir os três garotos. Também fechou firmemente a porta da mente quando ela tentou trazer à tona perguntas sobre o Caçador... *Não. Não vou pensar nisso.*

Fugir, fugir, fugir. Aquele era o único plano.

Demoraram apenas alguns segundos para chegar à porta dos fundos e se espremer pela fresta, com Cyril à frente e Greg fechando a fila. Foi uma mordiscada no calcanhar o que ele sentiu antes de puxar o pé pelo vão e fechar a porta?

Também não vou pensar nisso.

Sem falar nada, os garotos pegaram as bicicletas. Porém, no instante em que fizeram isso, um ganido soou atrás deles. Os três pararam. Com a mão trêmula, Greg apontou a lanterna para a pizzaria.

Um vira-lata molhado trotava atrás dos meninos. Quando Cyril soltou um gritinho de medo, o cachorro desviou e fugiu para dentro da mata de abetos que cercava a construção abandonada.

— Não era o Caçador — disse Greg, largando a bicicleta.

— Não estou nem aí — anunciou Cyril.

— Eu estou — rebateu Greg. — Quero encontrar o Caçador e entender o que ele está fazendo. Vou entrar de novo.

— Bom, eu vou para casa — avisou Cyril.

Hadi alternou o olhar entre os dois amigos. Embora meio trêmulo, Greg deu de ombros e seguiu na direção da pizzaria.

—Você não pode ir sozinho — disse Hadi, largando a bicicleta e indo atrás do amigo. Depois olhou para Cyril e argumentou: — Foi o cachorro de verdade que fez aquele barulho que a gente ouviu, e provavelmente foi ele que deixou as pegadas também.

Cyril abraçou o próprio corpo, depois suspirou e disparou:

— Se eu morrer, vou voltar para matar vocês dois.

— Justo — concordou Greg.

Os garotos entraram de novo na pizzaria. Seguiram juntos pelo corredor, fechando a porta do depósito quando passaram por ele. Sem falar nada, retornaram à área das mesas.

Apontando as lanternas de um lado para o outro, atravessaram o salão rumo ao balcão com os prêmios. Estavam na metade do caminho quando pararam de repente.

Não precisaram chegar mais perto para ver o que queriam.

O Caçador não estava mais no balcão.

Greg iluminou o chão, depois os arredores. Nem sinal do Caçador.

— Talvez ele tenha caído atrás do balcão — sugeriu Hadi, sem parecer muito confiante.

— Talvez.

Como nenhum dos amigos se moveu, Greg respirou fundo e avançou.

— Me avisem se virem alguma coisa — pediu ele.

— A gente te dá cobertura — confirmou Hadi.

Greg não se sentia seguro, mas precisava descobrir se o Caçador estava ali. Ignorando o suor que escorria pelas costas, ele começou a dar a volta no balcão na ponta dos pés.

— Ei, cara! — chamou Hadi. — Não acha que ele já teria ouvido a gente a essa altura?

Greg fez uma careta. Fazia sentido. Ele riu, mas o som pareceu um resmungo. Então seguiu a passos rápidos até a parte de trás do balcão, iluminando toda a área com a lanterna.

Nada do cachorro animatrônico.

Greg se virou para os amigos e avisou:

— O Caçador não está aqui.

— O que você vai fazer? — perguntou Cyril.

— Eu... não tenho certeza — confessou Greg.

Sempre otimista, Hadi se intrometeu:

— E se você mandar uma mensagem pedindo para ele parar? Para te deixar em paz? Ele precisa te obedecer, certo? Foi programado para isso.

— Já tentei. — Greg suspirou. — Não funcionou.

— E se você desse uma tarefa impossível para ele? — sugeriu Cyril. — Algo que ocupasse o tempo do Caçador para sempre?

— Tipo o quê?

— Não sei. Estou só tentando achar uma solução simp...

— Não tem solução simples — disparou Greg. — Só... Só preciso de um tempo para pensar.

Juntos, os garotos voltaram por onde tinham entrado. Ninguém sugeriu que continuassem vasculhando o restaurante, nem mesmo Greg. Nenhum dos três disse nada. Só saíram, subiram nas bicicletas e pedalaram com força pela neblina. Estava tão intensa que o restaurante desapareceu na bruma. Seguiram num silêncio quebrado apenas pelo som da chuva, do giro das rodas no asfalto molhado e da respiração ofegante dos meninos.

Não diminuíram a velocidade nem na esquina onde normalmente paravam para se despedir. Cada um virou e pegou o próprio caminho para casa. Greg entendia. Nenhum deles estava pronto para falar sobre o que tinha acabado de acontecer.

Ele não achou ruim quando entrou em casa e viu que os pais ainda não haviam chegado. Na verdade, ficou aliviado de não encontrá-los. Quando olhou para si mesmo no espelho do banheiro, estava tão pálido que suas feições quase desapareciam na brancura de seu rosto.

Um longo banho quente devolveu cor a sua pele e trouxe de volta seu raciocínio. Onde o Caçador estava?

Mesmo sabendo que o animatrônico tinha saído do restaurante para desenterrar a aranha e matar o cachorro do vizinho, Greg havia suspeitado que ele voltava para lá depois de terminar suas missões. Mas a ideia do cachorro mecânico ficar solto por aí, à espreita...

Greg sentiu um calafrio. De repente, se lembrou do celular. Encarou a calça de moletom verde que tinha largado no chão. O telefone estava num dos bolsos.

Respirando fundo, ele se abaixou e pegou o aparelho para ver se havia alguma mensagem não lida.

Bingo. Lá estava uma nova mensagem do Caçador: **Até +**.

— Espero que seja até *nunca* mais — murmurou Greg.

O garoto não se permitiu fazer todas as perguntas que surgiram depois do último encontro com o Caçador. Em vez disso, resolveu se concentrar na escola, para variar. Especificamente nas aulas de espanhol. Se não desse conta das tarefas de casa acumuladas, iria reprovar na matéria. Então, no sábado de manhã, ele mandou uma mensagem para Manuel, perguntando se o garoto tinha tempo para ajudá-lo. O colega não respondeu.

Greg deu de ombros. Precisaria se virar sozinho. Abriu o livro de espanhol e pegou o lápis.

Mas, assim que percebeu o que tinha acabado de fazer, quebrou o lápis sem querer.

— Ai, não! — exclamou Greg, levantando-se num salto. Precisava ir até...

— Merda!

Ele não fazia ideia de para onde ir.

Pegou o celular e ligou para Cyril.

— Eu não vou voltar pra pizzaria — avisou o amigo logo de cara.

— Não é por isso que estou ligando. Você sabe onde o Manuel mora?

— Sei, sim. A casa dele fica a menos de um quilômetro da minha, seguindo a rua. Foi assim que a gente se conheceu. Cyril passou o endereço a Greg. — Por que você precisa do...?

— Tenho que ir nessa. Foi mal. Depois explico.

Sem dizer mais nada, Greg enfiou o celular no bolso e saiu correndo de casa. Agarrou a bicicleta e, ignorando a neblina, pedalou o mais rápido possível.

Greg quase desmaiou de horror quando chegou à casa de Manuel e viu a porta escancarada. Será que era tarde demais?

Pouco depois de enviar a mensagem para o garoto, Greg se deu conta de que o Caçador poderia ter interpretado suas palavras como uma instrução para buscar Manuel. Considerando o que o animatrônico havia feito com o cão do vizinho, o garoto tinha medo de que o Caçador punisse Manuel por não estar disponível para ajudá-lo. Ou pior, talvez a criatura matasse Manuel e arrastasse seu corpo até a casa de Greg. Não sabia do que o robô era capaz.

Largando a bicicleta na calçada, Greg correu até a porta e espiou o interior da pequena construção térrea. Começou a suar frio quando viu pegadas enlameadas no chão cinza.

— Manuel? — gritou, dando um passo vacilante para dentro da casa.

— *¿Que pasa?* — perguntou alguém atrás de Greg.

Um cão latiu.

Greg se virou, sobressaltado. Manuel e um labrador amarelo estavam parados no limiar do jardim, cheio de quadrados de grama fresca e terra revirada.

O cachorro tinha uma bolinha vermelha na boca e as patas todas sujas de barro.

O coração de Greg, que parecia estar tentando bater um recorde de velocidade, voltou ao ritmo normal.

— Fala, Manuel — cumprimentou o garoto.

— Fala, Greg — disse o colega, abrindo um sorriso amigável, embora confuso.

Era de se esperar.

Como Greg explicaria sua presença ali?

— Eu, hã... mandei uma mensagem, mas você não respondeu. Queria dar uma volta de bicicleta, então pensei em dar um pulo aqui... O Cyril me falou que você morava na mesma rua que ele. Enfim, queria saber se está com tempo para me ajudar a estudar espanhol.

A confusão de Manuel desapareceu.

— Claro. Foi mal não responder, deixei o celular lá dentro. A gente pode estudar agora, se o Oro deixar.

O labrador latiu.

Extremamente aliviado por ter imaginado um perigo que não existia, Greg sorriu para o cão.

— Oi, Oro — cumprimentou ele. — Quer que eu jogue a bolinha para você?

Oro balançou o rabo, mas não saiu do lugar.

Manuel riu e explicou:

— Ele só entende espanhol. Diga: "*Tráeme la pelota.*"

Greg repetiu o comando, e Oro levou a bolinha até ele.

O garoto riu.

— Talvez eu não precise da sua ajuda. Acho que o Oro pode me ensinar.

Manuel riu também e, durante a hora seguinte, Greg se esqueceu do Caçador enquanto brincava com Oro e praticava seu espanhol.

O resto do fim de semana passou sem incidentes. E, quando a segunda-feira chegou, Greg estava de ótimo humor. Ele se sentia nas nuvens com seu triunfo mais recente: conseguir Kimberly como parceira de laboratório. Tinha projetado sua intenção, e deu certo. Depois de ter levado um balde de água fria ao tentar projetar sua intenção mais recente no Caçador, Greg enfim parecia estar aprendendo a usar a Energia de Ponto Zero. Sucesso!

Greg e Kimberly se encontrariam no dia seguinte, no laboratório de ciências, logo depois da aula. Cada dupla havia marcado um horário para usar o Gerador de Eventos Aleatórios que o sr. Jacoby conseguira para os experimentos da turma. Greg e Kimberly seriam os segundos a usar o equipamento.

A tarefa era tentar controlar com a mente os dígitos 0 e 1 gerados pela máquina. Cada pessoa focaria num dígito (Greg no 0 e Kimberly no 1) por um total de dez minutos cada. Deveriam anotar os resultados e depois escrever uma redação sobre algum aspecto da pesquisa com GEAs e seu impacto na sociedade. Greg achava que teria que sugerir um tema, mas Kimberly foi mais rápida.

Sentados de pernas cruzadas no chão depois de terem usado o gerador, a garota disse:

— Tenho uma ideia para a redação.

Ela tirou o celular do bolso e digitou alguma coisa. Greg encarou suas mãos. Eram bonitas. Naquele dia, as unhas estavam pintadas de azul brilhante. Combinavam com o suéter azul justo que ela vestia. O menino tentou não encarar.

— Está me escutando? — perguntou Kimberly.

— Desculpa. O que você disse?

Mesmo conhecendo a garota havia sete anos, Greg tinha certeza de que nunca trocara mais que duas palavras com ela. Sempre que tinha a chance de falar com Kimberly, dava um branco na sua mente. Agora era parceiro dela no laboratório, mas como sustentar uma conversa?

— Eu disse que a gente devia escrever sobre como GEAs influenciam grandes desastres mundiais — repetiu Kimberly.

Uau. Ela entendia daquele assunto?

Se Greg já não estivesse apaixonado por Kimberly, com certeza ficaria naquele instante.

— Beleza — concordou Greg. — Perfeito.

— Você entende disso? — perguntou Kimberly, erguendo os olhos.

Greg estava sentado na cadeira, mas resolveu escorregar para o chão de azulejos para ficar mais perto dela. Empolgado com o tema da redação, esqueceu de ficar nervoso.

— Sei, sim — respondeu ele. — Faz uns anos que acompanho como GEAs vêm sendo usados para estudar o poder do pensamento.

— Que demais! — exclamou Kimberly, abrindo um de seus sorrisos enormes.

Ele retribuiu, como um idiota.

Estava tão animado com o tema da redação que nem ficou chateado por Kimberly ter se saído melhor do que ele com o Gerador de Eventos Aleatórios. Por mais que se concentrasse, seus resultados foram só um pouco melhores que uma leitura aleatória.

— Já tentei falar com meus pais sobre esse assunto — revelou Kimberly. — Eles têm a mente bem aberta, mas minha mãe disse que isso tudo é "muito doidinho" e meu pai falou que as máquinas provavelmente são alteradas para gerar os resultados que as pessoas querem. Só que não são!

Kimberly se inclinou para a frente, com os olhos brilhando.

Greg não conseguia acreditar que ela se interessava por aquilo tanto quanto ele.

— Pois é! — respondeu o garoto, inclinando-se para a frente também.

— E sabia que as máquinas geram tendências específicas antes de grandes eventos esportivos?

Ele hesitou apenas um segundo antes de perguntar:

— Você conhece o Cleve Backster?

Kimberly franziu o cenho.

— Não. Quem é?

— Um instrutor de interrogação da CIA. Ele ensinava os agentes a usar o polígrafo.

— Tá.

Kimberly apoiou os cotovelos nos joelhos, focada nas palavras dele.

Greg não conseguia acreditar que estava recebendo a atenção total da garota. Tentou não se distrair com o perfume de pêssego de Kimberly.

— E o que tem ele? — insistiu ela, interessada, querendo saber mais.

O menino pigarreou.

— Então, Backster começou a usar o polígrafo para fazer experimentos com plantas, e descobriu que elas conseguem sentir nossos pensamentos.

— Minha mãe canta para as plantas dela e diz que isso as faz crescer mais rápido.

— Provavelmente é verdade — concordou Greg.

— Por isso fiquei surpresa quando ela disse que não acredita em GEAs.

— Acho que as pessoas ficam com medo — opinou Greg.

Kimberly assentiu.

— E aí, o que mais esse cara do polígrafo fez?

— Então, ele realizou alguns experimentos para ver como plantas reagiam a suas ações. Tipo, queimou uma plantinha e obteve uma reação, mas não só da planta queimada. As plantas ao redor reagiram também! Depois, ele só pensou em queimar as plantas. No mesmo instante, o polígrafo registrou uma reação em todas, como se estivessem lendo a mente do cara.

— Caramba!

Greg assentiu que nem um daqueles bonequinhos com pescoço de mola.

— Massa, né? — disse ele, abrindo um sorrisão. — Quase ninguém acreditou em Backster quando ele publicou seus resultados. Mas ele continuou fazendo experimentos. Não só com plantas, mas também com células humanas, e provou que elas conseguem sentir pensamentos. Células têm consciência.

Kimberly enrolou um cacho do cabelo sedoso no dedo.

— Então, se células têm consciência, por que seria absurdo pensar que nosso cérebro pode influenciar uma máquina? — perguntou ela.

— Exatamente!

— A gente devia falar sobre isso na redação — sugeriu Kimberly. — É um *ótimo* assunto.

— Pois é. Aí achei que seria legal fazer meus próprios experimentos. Meu tio me deu um polígrafo, e comecei a testar coisas com as minhas plantas. Funciona mesmo. Elas sabem o que estou pensando... Bom, as coisas mais simples, pelo menos.

— Uau!

— Sim. E andei testando outros negócios também.

Greg hesitou. Será que deveria contar para ela?

— Tipo o quê? — perguntou Kimberly.

Greg mordeu o lábio. Ah, por que não? Ele chegou mais perto da garota e baixou a voz, contando:

— Lembra o que o sr. Jacoby disse sobre a Energia de Ponto Zero? Que toda a matéria do universo está interligada por ondas subatômicas?

— Sim, claro.

— Então, eu li sobre Energia de Ponto Zero durante as férias e fiquei muito animado. Pesquisadores estão dizendo que esse conceito explica várias coisas que até então eram inexplicáveis, como chi, telepatia e outras habilidades psíquicas.

— Minha prima tem habilidades psíquicas — disse Kimberly. — Ela sempre sabe quando vai ter prova surpresa na escola dela. — A garota riu. — Estou tentando convencer ela a me ensinar a fazer isso.

Greg abriu um sorriso e declarou:

— Então você vai entender.

— Entender o quê?

— Então, tem coisas boas na minha vida, mas também tem várias coisas que eu odeio. Tipo meu pai e... bom, *várias* coisas. Então resolvi aprender a usar a energia, sabe? Me comunicar com ela. Contar o que eu quero e deixar que ela me diga o que fazer. Comecei praticando com minhas plantas, vendo se elas respondiam às minhas intenções, e depois passei a me concentrar em coisas que eu queria para ver se recebia ideias, tipo...

— Direcionamentos?

— Isso.

Kimberly assentiu devagar.

— Entendi o que está tentando fazer. O problema é que... — Ela franziu o nariz perfeito e deu de ombros. — Sei lá, fico me perguntando se tentar se comunicar com a energia não seria como colocar um animal para pilotar um avião. Ele ia causar um desastre antes de aprender a controlar o processo, entende?

Greg tentou não transparecer, mas as palavras dela foram um soco no estômago. Kimberly percebeu, porque acrescentou:

— Não estou comparando você a um animal, nada disso. Só acho que a física quântica é complicada. Também gosto do assunto e tentei ler a respeito, mas não entendi nada.

De repente, Trent White entrou no laboratório e exclamou:

— Ei! Vocês dois estão se pegando, é?

Kimberly corou num tom de vermelho intenso.

— Cala a boca, Trent — disparou Greg.

— Cala a boca você. O tempo dos pombinhos aí acabou. É nossa vez — avisou Trent, apontando para seu parceiro de projeto, Rory, outro atleta da escola.

Greg mal podia acreditar que aqueles dois estavam cursando a matéria de teorias científicas avançadas.

— A gente já terminou — disse Kimberly, ficando de pé.

Greg e ela saíram do laboratório.

— Podemos nos ver no fim de semana para falar mais sobre a redação? — sugeriu ela.

— Claro.

Assim que Greg chegou em casa, mandou mensagens para Hadi e Cyril, pedindo que fossem visitá-lo.

Enquanto esperava os amigos, olhou para a última mensagem do Caçador: **Fácil d+**.

O que foi fácil demais?, perguntou Greg.

Tudo.

Tudo o q?, insistiu Greg.

Informação.

Tudo era fácil demais? O que o Caçador queria dizer? Estava falando da conversa de Greg com Kimberly? Ou afirmando que, para Greg, a Energia de Campo Zero era fácil demais? E por que o garoto estava dando importância à opinião de um cachorro animatrônico?

Greg queria ignorar o Caçador, mas ele mandou outra mensagem: **GEA eu tb.**

E depois enviou um link para um site que vendia pequenos Geradores de Eventos Aleatórios.

Greg não entendeu o que o Caçador queria dizer com "GEA eu tb". Significava que o cachorro também queria um GEA? Ou que *era* um GEA? Ou *parecido* com um GEA?

O garoto franziu a testa e respondeu: Vlw. Chegou à conclusão de que não deveria contrariar o animatrônico.

Hadi e Cyril apareceram na casa do amigo com pizza. Surpreendentemente, os pais de Greg estavam em casa. Entretanto, pareciam estar no meio de uma discussão intensa, e ambos tinham respondido apenas "Tá bem" quando Greg perguntou se podia chamar os amigos para lá.

Os garotos passaram quinze minutos devorando a pizza de pepperoni e tomando um monte de Coca-Cola. Quando Hadi arrotou alto, Greg decidiu que era hora.

— A gente precisa falar sobre o que aconteceu no outro dia — anunciou ele.

— Precisa mesmo? — questionou Cyril.

— Sim — respondeu Greg. — O Caçador está à solta por aí!

— Você tá brincando, né? — disse Hadi. — É *isso* que está te incomodando? O Caçador estar à solta? Sim, ele está. Sem dúvidas. O Caçador é um animatrônico, e você obviamente deu um jeito de ligar ele. Mas que tal focar no fato de que ele desenterrou uma aranha e *matou um cachorro* para você?

— É, tem isso — concordou Greg.

— Acho que a gente devia destruir esse animatrônico — falou Hadi.

— Acho que a gente devia ficar longe dele — sugeriu Cyril.

— Sim, mas será que o Caçador vai aceitar ficar longe da gente? — rebateu Greg.

Hadi o fulminou com o olhar e disparou:

— Foi você quem o ativou.

Greg jogou as mãos para o alto e exclamou:

— Mas eu não sabia o que estava fazendo!

— Bom, então precisa descobrir — disse Hadi. — Você é o mais inteligente aqui.

— Isso — concordou Cyril.

— Vocês dois parecem bravos comigo — acusou Greg.

Cyril olhou para baixo, sem graça.

— Então… — começou Hadi.

— Vocês estão *mesmo* bravos comigo! O que foi que eu fiz?

— Foi você que quis ir até o restaurante, pra começo de conversa — explicou Cyril.

Greg abriu e fechou a boca, depois ficou de pé.

— Beleza — disse ele. — Podem ir para casa, então. Vou cuidar disso.

Hadi e Cyril encararam Greg, depois se entreolharam, um tanto frustrados.

— Que seja, cara — falou Hadi. — Vamos nessa.

O garoto se levantou para ir embora e fez um gesto para que Cyril o seguisse.

Uma hora depois, Greg estava no quarto escuro, vestindo uma calça de moletom surrada e uma camiseta velha tie-dye.

— Preciso de dinheiro — disse para o teto, deitado na cama.

Se tivesse dinheiro — mais do que conseguia como babá —, poderia comprar os equipamentos necessários para seus experimentos. Poderia organizar o próprio projeto sobre o poder da consciência. E aí descobriria o que fazer com o Caçador.

Greg pegou o celular. Durante as férias, tinha lido uma matéria sobre um empreendedor de treze anos que abriu uma empresa em casa e estava lucrando um monte. Greg tinha catorze anos e era inteligente. Por que não abrir um negócio também? Pesquisou "Como fazer dinheiro rápido".

Passou uma hora vasculhando sites e lendo sobre maneiras de fazer dinheiro em casa. No fim da pesquisa, estava frustrado, confuso e cansado, então resolveu dormir. Antes de ir para a cama, mandou uma mensagem para Dare: **Preciso do seu Dedo Mágico da Sorte. Me ensina a fazer dinheiro?**

O tio não respondeu. Greg imaginou que ele devia estar dormindo. Geralmente se deitava mais cedo que o sobrinho.

Antes de apagar a luz, seu celular vibrou. Era uma mensagem do Caçador: **Boa noite.**

— Boa noite para você também — respondeu Greg, ignorando o calafrio.

Ele franziu a testa, incomodado com alguma coisa, mas não sabia o que era. Estava *tão* cansado que não conseguia pensar direito. Mal conseguia manter os olhos abertos. Então os fechou, caindo no sono na mesma hora.

Quando acordou, ainda estava escuro. Greg saltou da cama e piscou freneticamente, tentando focar a visão. A mensagem! Onde estava com a cabeça quando a enviara?

— Idiota! — xingou Greg, pegando o celular e deletando a mensagem que havia mandado para Dare.

Depois, ligou para o tio.

Ninguém atendeu.

Procurou o telefone fixo de Dare e fez uma chamada. Mesmo que o tio estivesse dormindo, o toque o acordaria.

Ninguém atendeu.

O que ele devia fazer?

Greg não tinha como ir até a casa do tio sozinho, era longe demais para ir pedalando. Também não havia linhas de ônibus até lá. Como faria para avisar Dare do perigo?

Uma carona. Ele precisava de uma carona. De quem? Não podia pedir aos pais, de jeito nenhum.

Pensou na sra. Peters, que morava a três casas de distância. Ela era sempre muito gentil com ele. Talvez...

Greg tirou o pijama e vestiu uma calça de moletom cinza e um casaco azul-escuro. Pegou o celular e saiu correndo do quarto.

Não sabia como explicaria para a sra. Peters que precisava de uma carona às... Que horas eram? Conferiu o relógio: quatro e meia da manhã.

Bom, ele pensaria em alguma coisa.

Só de meias, Greg desceu a escada dois degraus por vez. Diante da porta da frente, parou para calçar as galochas. Depois abriu a tranca, escancarou a porta e começou a sair de fininho.

Então olhou para baixo.

Suas pernas vacilaram, e ele caiu de joelhos no chão. Começou a respirar com dificuldade. Cobriu a boca e desviou os olhos do que jazia em cima do tapetinho de BEM-VINDOS, AMIGOS.

Mas desviar o olhar não ajudou. A imagem estava marcada de forma permanente em suas retinas. Greg conseguia ver na própria mente o dedo grosso de Dare, com a base destroçada e ensanguentada, parte do osso irrompendo da carne. O dedo tinha a pele marrom e pelinhos loiros. O sangue vermelho-vivo brilhava. Em sua memória, os detalhes eram excruciantes. Greg notou que parte do sangue havia coagulado antes de o dedo ser largado no capacho, porque o D de BEM-VINDOS *não estava* sujo.

— Greg? O que está fazendo aqui embaixo? — perguntou a mãe, descendo a escada.

O garoto nem pensou: pegou o dedo dilacerado e o enfiou no bolso do casaco. Apoiando-se no batente, ficou de pé e fechou a porta.

— Acho que tive um surto de sonambulismo — mentiu Greg.

Que desculpa ridícula. Mas estava surtando e não conseguiu pensar em coisa melhor.

Só então percebeu que a mãe estava chorando.

— O que houve? — perguntou o menino.

Ela estava com os olhos e o nariz vermelhos. Seu rímel tinha borrado. As bochechas pareciam úmidas. Vestia o roupão rosa felpudo por cima de uma camisola branca de renda. Ela enxugou as bochechas e se sentou no terceiro degrau da escada.

— O que foi? — repetiu Greg, correndo até a escada e se sentando ao lado da mãe.

Ela pegou a mão do filho entre as suas e disse:

— Desculpa. Não é o fim do mundo nem nada. Só estou chocada. Aconteceu uma coisa com seu tio Darrin.

Greg ficou tenso.

— Você não vai acreditar, filho! — continuou a mãe, soluçando. — Ele foi atacado por um animal selvagem. E o bicho arrancou o dedo dele!

O garoto parou de respirar. Olhou para baixo, para o bolso do casaco de moletom. Colocou a mão em cima do pequeno volume ali dentro, sentindo o anel ainda preso à base grotescamente rasgada do membro. Greg soube que era o dedo de Dare antes mesmo de notar a joia de ônix e ouro. Mas o anel não deixava dúvidas. A presença do acessório, mais que o osso e as veias expostas, o entristecera. Seus olhos se encheram de lágrimas. Ele pigarreou e conseguiu soltar um:

— Que coisa horrível!

— Ele também ficou todo arranhado, bem machucado. Foi levado de helicóptero para o hospital. Não consigo acreditar.

O menino era incapaz de consolar a mãe. Ainda estava tentando processar tudo.

— Ah, não, não, não — resmungou Greg.

Sem entender, a mãe o abraçou.

— Está tudo bem. De verdade. Tenho certeza de que ele vai se recuperar. Provavelmente vai fazer alguma piada sobre isso — disse ela, então caiu em lágrimas de novo.

— Não, não, não — repetiu Greg, como um mantra. Como se, caso repetisse a palavra vezes o suficiente, tudo fosse voltar ao normal.

Desvencilhando-se da mãe, ele tocou o bolso do casaco e anunciou:

— Preciso de um ar.

Correu até a entrada da casa, abriu a porta com tudo e desceu a escada.

Tinha parado de chover, mas Greg não ligava mais para a chuva. Precisava sair dali. Estava atordoado. Não conseguia encarar o que havia feito.

Porque a culpa era dele. *Ele* tinha causado aquilo.

Quando saiu de casa, o garoto não sabia para onde ir. Porém, antes mesmo de decidir, parou de supetão. Aquilo era…?

Era, sim.

Sentado sob os pinheiros no fundo do quintal, ao lado das moitas que tremulavam perto da areia, o Caçador o aguardava. Sob a luz que antecedia a aurora, seus olhos vermelhos resplandeciam, as orelhas dobradas para a frente como se fizessem uma pergunta. Greg estava tão bravo e tão triste que nem pensou em fugir. Em vez disso, pegou o bastão de beisebol da pilha de equipamentos esportivos do pai e deu um passo na direção do Caçador. Depois outro. E mais outro. Quando deu por si, estava correndo a toda velocidade.

O Caçador continuou parado, encarando Greg com olhos brilhantes.

Se fosse um cachorro de verdade, Greg teria achado a cena fofa. Mas não era. Era um animatrônico *assassino* com aparência de cachorro. Greg não deixaria aquela aparência detê-lo.

Quando chegou perto da criatura, o garoto não hesitou. Golpeou o Caçador com o bastão.

A primeira pancada abriu o topo da cabeça, revelando um crânio de metal e fios partidos. Faíscas voaram enquanto Greg se preparava para o golpe seguinte.

— O que você fez?! — gritou Greg.

A boca do animatrônico estava escancarada no que parecia um sorriso bobo. O menino desceu o bastão de novo e acertou o maxilar do Caçador. Dentes de metal voaram para todos os lados, e mais faíscas saíram da extremidade dos cabos pendurados na abertura da mandíbula.

Mas o Caçador continuava encarando Greg com um olhar animado.

— Pare com isso! — berrou o menino.

Com toda a sua força, ele acertou a cabeça do Caçador outra vez. O metal estalou. Mais faíscas voaram sobre as plantas úmidas da praia, e Greg continuou atacando. Golpeou o Caçador várias vezes: uma, duas, três, quatro. A cabeça do cachorro foi pulverizada. Mas Greg não se deu por satisfeito. Ergueu o bastão de novo e surrou o que restava da máquina. Em pouco tempo, a criatura animatrônica tinha sido reduzida a uma pilha de resíduos industriais. Mesmo assim, Greg não parou... Só cessou o ataque quando ficou com bolhas nas mãos, arquejando para respirar o ar impregnado de maresia.

Por fim, largou o bastão.

Caiu de bunda nas dunas molhadas. Ficou encarando o monte de metal, dobradiças, pelagem sintética e fios, recuperando o fôlego. O quebrar das ondas na praia estava intenso, o rugido alto e rítmico como o cântico de milhões de homens furiosos. Para Greg, era o som de um julgamento. Ele estava sendo acusado. Como ousava pensar que sabia o bastante sobre a Energia de Ponto Zero para achar que tinha sorte e pedir para ganhar dinheiro? E onde estava com a cabeça quando pediu o Dedo Mágico da Sorte do tio? Era o garoto quem tinha errado. Como ousava botar a culpa no Caçador?

O Caçador era parecido com um GEA porque reagia aos pensamentos de Greg, mas não era um GEA de verdade. Ou será que era?

Greg não entendia o que estava acontecendo, mas achava que o Caçador reagia a mais do que suas mensagens de texto. De alguma forma, o cachorro conseguia observar as ações de Greg e talvez até lesse seus pensamentos, como as plantas faziam. O Caçador era parte da Energia de Ponto Zero. Agia como se fosse o cão do campo de Energia de Ponto Zero, indo buscar o que achava que Greg queria.

Seja lá o que o Caçador fosse, Dare tinha perdido o dedo por culpa de Greg.

— Filho, você está aí fora? — gritou a mãe do garoto.

Ele olhou para o animatrônico destruído.

— Greg? — repetiu a mãe, descendo os degraus na frente da casa.

Greg e os restos da criatura estavam escondidos pelos arbustos. No entanto, se a mãe fosse até o quintal, veria o menino. Então ele olhou ao redor e encontrou um buraco sob um pedaço de madeira trazido pelo mar, todo destruído por mordidas do Caçador. Com movimentos ágeis, enfiou os pedaços esmigalhados do animatrônico dentro do buraco e respondeu:

— Já estou indo!

A mãe avisou que Dare precisaria de uma cirurgia para reparar os nervos e fechar as lacerações. Não poderia receber visitas por enquanto, então ela iria trabalhar por algumas horas. Deu um abraço no filho antes de ir embora. O pai já tinha saído. Quando Greg voltou para casa, se deu conta de que tinha deixado o celular no quarto. E se alguém estivesse tentando falar com ele?

"Alguém"?

Quem ele queria enganar? Estava se referindo ao Caçador. Será que o animatrônico tinha mandado uma mensagem antes de o garoto encontrá-lo no quintal?

Sim. Assim que chegou ao quarto, Greg descobriu que o Caçador havia mandado uma mensagem. Perguntara como o garoto usaria o Dedo Mágico da Sorte.

A pergunta fez o menino se encolher em posição fetal na cama, provocando uma nova enxurrada de lágrimas. As palavras de Kimberly se repetiram em sua mente: "Ele ia causar um desastre antes de aprender a controlar o processo."

Causar um desastre.

Causar um desastre.

Causar um desastre.

— Nãoooo! — gritou Greg.

Ele pegou um dos livros da mesinha de cabeceira e o jogou na maior planta de sua coleção. O vaso caiu da prateleira, espalhando terra para todos os lados. Greg pegou outro livro e o arremessou. Depois mais um. Repetiu o gesto até todas as plantas estarem no chão, um verdadeiro caos. O garoto inspirou o cheiro de terra molhada.

Depois se deitou e tentou acalmar a respiração. As lágrimas voltaram, mas tudo bem. Ficou ali deitado, chorando, até cair no sono.

Quando acordou, o sol se punha a oeste. Era o meio da tarde.

Sua consciência voltou, e ele se lembrou de tudo.

— Sou um idiota — xingou a si mesmo.

Onde estava com a cabeça? Realmente acreditara que conseguiria descobrir o que mais ninguém — nem a CIA, universidades ou especialistas — tinha descoberto? Se aquilo era possível, por que *ninguém* tinha feito ainda?

Ele era só um garotinho com um ego gigante. Percebeu como era ignorante, e que tudo que *achava* que sabia, tudo que *achava* que havia feito direito, poderia estar errado. Será que tinha sido mesmo guiado até o restaurante? Ou teve aquela ideia ridícula sozinho? Caso tivesse sido guiado, *o que* o guiara? Antes, presumira que estava tomando as medidas para realizar os próprios desejos, mas agora...

Seu celular tocou. Greg congelou.

Mas logo se deu conta de que estava sendo bobo. O Caçador não ligava, só mandava mensagens. Ele olhou para o telefone. Era Hadi.

— E aí, cara, tudo bem aí? Por que você não foi à aula hoje? — perguntou o amigo.

Greg olhou para as plantas destruídas. Tinha se esquecido da escola. Tinha se esquecido da vida.

— Aconteceu uma coisa com o tio Dare — contou ele.

— Sério? Mas ele está bem? Sinto muito, cara — disse Hadi. O garoto ouviu Hadi falando com outra pessoa, então acrescentou: — O Cyril falou que sente muito também.

— Valeu.

— A gente pode te ajudar com alguma coisa?

— Não, a menos que saibam fazer magia.

— Foi mal, cara.

— Beleza.

— Ei, não sei se isso vai fazer você se sentir melhor, mas a Kimberly estava te procurando.

Greg se sentou e arrumou o cabelo com os dedos, então revirou os olhos ao perceber o que estava fazendo. Não era como se a garota conseguisse vê-lo.

— Sério? — perguntou.

— Juro. Ela disse que você teve uma boa ideia para a redação, e que está animada para começar o trabalho.

Certo. A redação. Greg deu uma desanimada. Dias antes, estava muito empolgado com o projeto, mas agora não queria nem pensar no assunto.

Mas aquilo significava passar um tempo com Kimberly...

Greg notou que Hadi estava falando alguma coisa e o interrompeu:

— Foi mal, o que você disse?

— Que, depois de ouvir você tagarelar sobre essa menina desde sempre, seria legal ver vocês dois juntos.

— Não é desde sempre — rebateu Greg. — Só desde o terceiro ano.

Fazia tanto tempo assim que ele gostava de Kimberly?

— Que seja, pô.

— Sim, ia ser legal sair com ela.

— Bom, então não desperdiça sua chance. Liga para ela e começa a trabalhar na redação. Vai conquistar a garota, cara!

Greg abriu um sorrisinho, depois franziu o cenho. Parecia errado se sentir animado depois do que tinha acontecido com o tio.

— Preciso ir nessa — disse Greg.

— Beleza. Avisa se quiser se encontrar com a gente.

— Aviso, sim.

Greg largou o celular e foi tomar outro banho quente. Estava fedendo a suor e maresia. Depois que saiu do chuveiro e se vestiu, pegou o telefone para ligar para Kimberly... e viu uma mensagem do Caçador recebida *cinco minutos antes*.

Vou buscar pra vc.

— Ai, nãooo... — grunhiu Greg.

O garoto enfiou o celular no bolso e saiu correndo do quarto. Desceu as escadas em alta velocidade até as dunas.

Será que o Caçador ainda estava por ali?

Quando chegou à beirada do quintal, diminuiu o ritmo. Sentia medo de olhar, mas precisava fazer aquilo.

Greg avançou pela areia e olhou o buraco debaixo do tronco.

Suas pernas cederam, e o garoto caiu de joelho na vegetação molhada.

Embora ainda houvesse parafusos, peças de metal, fios e uma dobradiça sob a madeira, a maior parte do animatrônico tinha sumido.

Sumido.

Greg olhou ao redor. As únicas pegadas que via eram as próprias. Mas as marcas na areia contavam outra história: ao redor do tronco, o chão estava todo marcado por coisas se arrastando. Mais de uma dezena de sulcos se estendiam de debaixo da madeira, até se juntarem numa área maior de areia remexida que, por sua vez, ia até o mato costeiro amassado.

O garoto se esforçou para ficar de pé e recuou. Em pânico, correu para casa e subiu para o quarto. Lá, se jogou no chão e cobriu a cabeça.

Lampejos de cenas das últimas semanas encheram sua mente. A aranha. O cachorro morto e destroçado. O dedo arrancado.

Greg só queria um pouco de sorte. Não o dedo. Mas o Caçador tinha levado as coisas ao pé da letra.

O menino não tinha dúvidas de que o Caçador estava ativo de novo. Greg não entendia como, mas não precisava entender. Tinha *certeza* de que o cachorro animatrônico ainda funcionava.

Então, se o Caçador tinha interpretado o pedido de sorte como uma instrução para arrancar o dedo do tio, *o que* ele pretendia "buscar" depois daquela última mensagem? Ainda mais considerando a surra que ele dera no animatrônico?

— Não!

O garoto se levantou de um salto e guardou o celular no bolso. Calçando os tênis pretos de corrida, saiu em disparada de casa. Kimberly morava na mesma rua que ele, uns dois quilômetros ao sul. Era uma linha reta.

Greg subiu na bicicleta e começou a pedalar com força. É claro que o vento estava soprando de novo, vindo justamente do sul. Seus pulmões queimavam quando ele chegou à metade do caminho. Greg ignorou o cansaço e seguiu em frente. Precisava encontrar Kimberly antes do Caçador.

Isso se já não fosse tarde demais.

Quando chegou à casa da garota, saltou da bicicleta e se preparou para entrar a toda velocidade, mas se deteve quando notou as luzes apagadas. Não havia carros na garagem. Ninguém estava em casa.

Kimberly tinha dito que a mãe a buscava depois da escola e que às vezes aproveitavam para resolver algumas coisas na rua. Se a garota ainda estava na escola na hora da ligação de Hadi, Greg provavelmente tinha chegado em casa antes delas.

Ele se apoiou na parede da construção para recuperar o fôlego e depois empurrou a bicicleta até as moitas na beirada do quintal de Kimberly. Ali, Greg se agachou e ficou aguardando.

Considerou ir atrás do Caçador, mas não sabia quando Kimberly voltaria — e não queria se desencontrar com ela. Não podia correr esse risco.

Então continuou esperando.

Tentou se acalmar com exercícios de respiração da yoga. Não funcionaram.

Quando o sol começou a se pôr, às quatro e meia, estava tão tenso que sentiu como se os membros fossem quebrar caso fizesse um movimento brusco. Decidiu se alongar um pouco antes de Kimberly chegar em casa.

Mal tinha começado a estender as pernas quando viu faróis iluminando a rua. Voltou a se abaixar.

O carro passou reto. Porém, antes que Greg pudesse ficar de pé, outro carro veio logo atrás. Dessa vez, era o que ele estava esperando.

Uma SUV azul-escura parou na frente da casa. A porta do passageiro se abriu, e Kimberly — usando calça jeans e uma blusinha verde fofa que combinava com seus olhos — desceu do carro. Estava conversando com a mãe.

— Acho que vai ficar bom se a gente colocar orégano.

— Talvez um pouco de manjericão também — sugeriu a mãe.

A sra. Bergstrom era alta e esbelta, com um rosto marcante e cabelo grisalho curto. Devia ter sessenta e poucos anos. Quando estavam no terceiro ano, Kimberly contou que nascera quando a mãe tinha cinquenta e um.

"Fui um milagre. Acho que isso significa que preciso ser boazinha com meus pais", dissera Kimberly, dando uma de suas risadas musicais.

Greg sabia que o pai dela era ainda mais velho que a mãe. Já estava aposentado. Por anos, foi o proprietário de alguns dos hotéis na Costa Oceânica, mas havia vendido tudo no ano anterior.

"Ele praticamente só joga golfe hoje em dia", Greg tinha entreouvido Kimberly contar para uma amiga.

O garoto conhecia tanto o pai quanto a mãe de Kimberly. O sr. Bergstrom era meio rabugento, mas a sra. Bergstrom era muito gentil.

Será que daria ouvidos a Greg?

O garoto se preparou para surgir do meio dos arbustos e avisar que Kimberly estava em perigo, mas então se deu conta de que sua explicação pareceria maluquice. Se conseguisse falar só com a colega primeiro... talvez ela pudesse convencer os pais.

Antes que Greg pudesse decidir o que fazer, um sedã preto parou atrás do SUV, esmagando o cascalho da garagem. O sr. Bergstrom saiu do carro. O vento ficou mais forte no instante em que o pé do sr. Bergstrom tocou o chão. Seu boné de beisebol saiu voando, e Kimberly correu para buscá-lo.

— Obrigado, querida — disse o pai dela, ajeitando o cabelo branco que começava a rarear e abraçando a filha.

O som do oceano estava mais baixo naquele momento do que pela manhã, quando Greg correra em meio às dunas. Nem parecia que, naquele mesmo dia, ele havia descoberto o que aconteceu com Dare e tentado destruir o Caçador. Sentia que pelo menos um ano já tinha se passado.

Mesmo suave, o rugido insistente do oceano encobriu o que Kimberly e os pais estavam falando enquanto caminhavam até a porta de casa. Greg começou a se levantar, ainda incerto sobre o que fazer.

Então o boné do sr. Bergstrom foi soprado de novo, e o homem correu atrás do acessório. O boné caiu bem diante da moita onde Greg estava escondido, e o pai de Kimberly o viu.

— Ei, rapaz, o que está fazendo aí no meio do mato? — perguntou o senhor, sua voz estridente e ríspida.

Greg endireitou as costas e se levantou. Precisava tentar alertar a família.

— Oi, sr. Bergstrom — cumprimentou ele.

— Quem é você? Não, espera. Eu te conheço.

— Greg? O que está fazendo aqui? — perguntou Kimberly.

Ela foi até o amigo, com a sra. Bergstrom logo atrás.

— Então, Kimberly, sei que isso vai parecer loucura... — começou Greg.

— Como assim, loucura? O que está acontecendo aqui? — disparou o sr. Bergstrom.

Greg respirou fundo e mergulhou de cabeça na explicação:

— Kimberly, você está em perigo. Tipo, de verdade. Acho que... Bom, acho que alguém ou... *alguma coisa* vai tentar te matar.

— O quê?! — exclamaram o sr. e a sra. Bergstrom ao mesmo tempo.

A voz do pai de Kimberly saiu ríspida e ultrajada. A da mãe, aguda e repleta de medo.

A garota não disse nada, só arregalou os olhos.

— Kimberly, sabe as coisas das quais a gente estava falando? Os GEAs, as plantas, as células, a consciência compartilhada, a sensação de que algo maior estava me guiando?

Ela assentiu, então Greg continuou:

— Não faço ideia de como explicar isso, mas sinto que algo queria me guiar para dentro da pizzaria abandonada. Então invadi o restaurante com Cyril e Hadi...

—Você fez o quê?! — interrompeu o sr. Bergstrom.

Greg o ignorou.

— ... e a gente encontrou um cachorro animatrônico projetado para sincronizar com nosso celular.

O pai de Kimberly tentou interromper de novo, mas Greg passou a falar mais alto e mais rápido:

— Fiquei curioso, então mexi um pouco no robô, mas nada aconteceu. Ele ainda não funcionava. Pelo menos, foi o que achei na hora. Mas aparentemente ele ligou, porque agora me manda mensagens e faz coisas para mim. No início eram coisas úteis, mas depois o animatrônico começou a fazer coisas que eu não queria. Ele matou um cachorro que me incomodava e...

Kimberly soltou um gritinho. Greg sabia que ela amava cachorros.

Ele respirou fundo e prosseguiu:

— Sim, eu sei. Foi horrível. Quer dizer, aquele cachorro era péssimo, mas era apenas um bichinho, e a forma como o robô o matou foi... Enfim, depois comentei que queria um pouco de sorte, e meu tio tinha o Dedo Mágico da Sorte. Aí, quando desejei isso, encontrei o...

— Rapaz! — gritou o sr. Bergstrom.

Greg o ignorou, falando ainda mais alto:

— Eu encontrei o dedo dele. E hoje à tarde eu disse, bem... disse que queria ficar com você, e agora estou com medo do Caçador...

— Rapaz! — repetiu o sr. Bergstrom, mais alto.

O garoto parou de falar. Afinal, o que mais tinha a dizer?

Foi quando notou que o sr. Bergstrom estava com o celular no ouvido.

— Sim, pode mandar um policial até minha casa? Tem um adolescente esquisito perseguindo minha filha. Quero que ele seja detido.

Greg olhou para Kimberly.

— Foi mal — murmurou ela.

Ele balançou a cabeça. Tinha falhado de novo.

Enquanto o policial chegava para deter Greg, o garoto repetiu para si mesmo que Kimberly ficaria bem. Ela estava segura naquele momento. E, se o Caçador estivesse acompanhando os acontecimentos pelo telefone do garoto, com certeza sabia àquela altura que Greg queria que o robô deixasse Kimberly em paz.

— Eu tinha me esquecido completamente da velha pizzaria — comentou o policial de meia-idade depois que o sr. Bergstrom contou da invasão de Greg. — Ainda está lá?

Como assim, ainda está lá?, pensou o garoto. *Por acaso deveria ter sumido?*

Enquanto o policial colocava Greg na viatura e o levava até a delegacia, o garoto continuou repetindo para si mesmo que Kimberly ficaria bem. Os pais dela estariam em alerta. O Caçador não seria capaz de "caçar" a garota.

Porém, por mais que repetisse que tudo ficaria bem, Greg estava com medo de voltar para casa. Os policiais levaram duas horas para fichar e interrogar o garoto. Demoraram mais duas para encontrar os pais dele. Como ambos estavam em Olympia, precisaram esperar mais uma hora e meia para que fossem buscar o filho na delegacia. E se o Caçador tivesse atacado Kimberly naquele meio-tempo?

Os pais enfim chegaram: a mãe de olhos vermelhos e o pai irritado com... bom, com tudo. A polícia decidira deixar Greg aos cuidados da família. Ele estava livre, o que significava que poderia ficar de olho em Kimberly. Assim que os pais fossem dormir, ele sairia de fininho para espiar a garota. Faria aquilo até encontrar o Caçador e descobrir uma forma de desativar o animatrônico.

Greg relutou para sair da caminhonete do pai quando estacionaram na garagem. Arrastando os pés, o garoto abriu a porta do carro e pisou no pavimento de concreto. Cautelosamente, se aproximou da escada que levava à porta da frente. Então respirou fundo e olhou ao redor.

Tudo parecia normal. O corpo de Kimberly não estava embaixo da construção nem em cima do capacho.

Greg quase desmaiou de alívio.

— Qual é o seu problema? — perguntou o pai, quando o filho se apoiou no corrimão.

— Nenhum.

Assim que entraram em casa, o pai agarrou Greg pelo braço.

— Eu até diria que estou decepcionado, mas faz anos que não espero nada bom de você — disparou o pai.

— Steven — interveio a mãe de Greg, suspirando.

— Hillary — rebateu o pai.

Greg ignorou os dois e subiu para o quarto.

Tirou as roupas no escuro e foi tomar outro banho. Estava fedendo... de novo. O esforço de pedalar até a casa de Kimberly e depois o pânico de tentar salvá-la o fizeram suar em bicas. Além disso, ele tinha sido colocado em cima do que parecia uma poça seca de urina na viatura da polícia.

O garoto achava que uma chuveirada o revigoraria. Precisava recuperar a energia para voltar até a casa de Kimberly. Sua bicicleta estava na carroceria da caminhonete do pai. O policial a guardara na viatura ao deter Greg e depois a devolvera aos pais dele na delegacia.

Mas, quando saiu do chuveiro, Greg estava exausto. Olhou para a hora no celular. Também conferiu se tinha recebido alguma mensagem nova. Nada. Era um bom sinal, certo?

Talvez pudesse tirar um cochilo antes de voltar para a casa de Kimberly. Quer dizer, talvez tivesse entendido tudo errado. Talvez o Caçador fosse buscar comida ou alguma informação que Greg sequer percebera que pedira. Talvez ele não precisasse se preocupar.

Greg vestiu uma camiseta amarela e uma calça de flanela cinza, então abriu a porta do banheiro.

Sem conter um grito, o garoto recuou aos tropeços e caiu no chão de azulejos. Sua mente lutava para aceitar o que estava vendo.

Havia algo enrolado num lençol, largado no batente. O tecido bege assumia um tom cada vez mais profundo e intenso de vermelho, cintilando úmido na penumbra do quarto.

Quem estava dentro do lençol? *O que* estava dentro do lençol? Greg não conseguia reunir coragem para se mexer e olhar.

Mas ele não precisava olhar. Já sabia.

O celular vibrou na bancada do banheiro. Greg não se conteve: pegou o aparelho e olhou para a tela.

O Caçador tinha acabado de enviar uma mensagem.

Até +.

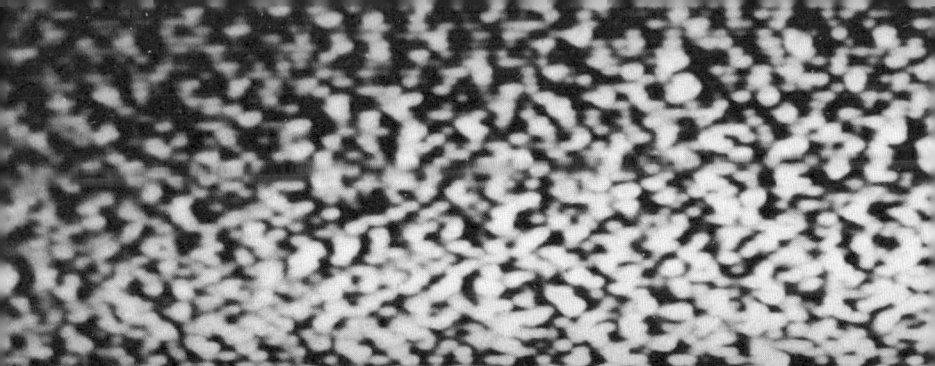

FREDDY SOLITÁRIO

Alec considerava "mau" um conceito muito subjetivo. Era sempre determinado segundo os parâmetros de outra pessoa e servia para um único propósito: julgar. E o garoto tinha sido julgado a vida inteira.

Sua lembrança mais antiga era bem terrível. No jardim de infância, ele era maior que as outras crianças. O menino logo reconheceu essa vantagem e descobriu que podia furar filas com facilidade. Os colegas sempre aceitavam brincar das coisas que ele queria e sempre ofereciam um lugar para ele se sentar durante o almoço. Foi só quando a professora o chamou para conversar naquele dia memorável que Alec foi informado de que era "mau".

"Você é um valentão", disse a professora.

Ele achou que era uma palavra positiva, então sorriu. Mas, em vez de lhe dar um tapinha nas costas — como a mãe fazia quando ele raspava o prato —, a professora recuara, horrorizada. Era da expressão dela que Alec mais se lembrava. Mais que das pernas grudando nas cadeiras azuis de plástico da escolinha durante o verão. Mais que do cheiro de uma caixa de giz de cera novinho. Mais que dos pêssegos enlatados que serviam na merenda, que escorregavam por sua língua com a calda viscosa de gosto metálico.

Alec não recordava o nome daquela professora. Lembrava-se apenas do seu olhar de horror quando ele não compreendeu que era "mau".

Conforme foi crescendo, o garoto entendeu que era "mau" quando comparado com as outras crianças. E conseguia lidar com isso.

Até a chegada de Hazel.

Hazel, que foi batizada em homenagem à avó querida que Alec não chegou a conhecer. Hazel, cujos cachinhos dourados eram penteados e presos com lacinhos. Hazel, que dormia a noite inteira sem dar um pio.

O nome de Alec não tinha sido escolhido em homenagem a ninguém. Era um meio-termo entre "Alexander", que a mãe queria, e "Eric", preferido pelo pai. Os cachos do menino eram rebeldes, domados com água da torneira e uma escova de madeira. Suas noites eram maculadas por pesadelos e períodos barulhentos de vigília.

Durante os primeiros cinco anos de vida, seu comportamento consistia numa exploração constante da fronteira entre "bom" e "mau". Mas, depois do nascimento de Hazel, Alec havia perdido a fronteira de vista e ido parar em terras desconhecidas. Naquele novo espaço, não era fácil classificá-lo. Às vezes era "mau", porém, com mais frequência, era indefinido. Ele se tornou invisível. "Bom" e "mau" deixaram de existir. Sem ninguém para lhe apontar a fronteira entre os conceitos, sem ninguém prestando atenção nele, seu comportamento não despertava reflexão.

"Talvez não seja bom ficar dando tanta bronca nele, Meg", dissera Gigi, a tia de Alec. "Crianças reagem muito melhor a reforços positivos."

Naquela mesma conversa, a tia também sugerira à mãe dele trocar o leite normal pelo orgânico, porque, de acordo com alguns estudos, os hormônios adicionados em produtos lácteos aumentavam a agressividade das crianças. Gigi não tinha filhos, nem os desejava. Mas a mãe de Alec gostava de receber conselhos, e a irmã mais velha os oferecia de bom grado.

"Gigi, não tem a ver com isso", argumentara a mãe de Alec. "Eles dois bebem o mesmo leite. E o Alec não é agressivo, só… vive no mundinho dele. É como se achasse que as regras não se aplicam a ele."

"Bom, então ele vai ser um líder quando crescer. Que ótimo!", exclamara a tia.

"Talvez. Sei lá", respondera a mãe de Alec. "Acho que ele não gosta muito das outras pessoas."

"O garoto tem dez anos, Meg. Nessa idade as crianças odeiam todo mundo."

"Nem toda criança", rebatera a mãe dele. "Veja o Gavin, por exemplo."

"Quem?"

"O filho da Becca."

"O menino que está sempre sorrindo para os outros?"

"Isso não é um defeito", argumentara a mãe.

"Não, mas é meio assustador", rebatera tia Gigi. "Confie em mim, ninguém quer um monte de pequenos Gavins espalhados pelo mundo. Aquele é o tipo de menino que uma bela noite aparece ao lado da sua cama segurando uma faca."

Em momentos como aquele, Alec considerava a possibilidade de ter nascido da irmã errada: era tia Gigi que parecia ser sua mãe de verdade. Só que o garoto, com seu nariz empinado e seu cabelo loiro bem claro, era uma cópia da mãe. Não havia dúvida. Também era em momentos como aquele que Alec desejava não ser tão bom em entreouvir as conversas dos adultos. Já tinha recebido várias broncas dos pais por causa disso, mas não conseguia evitar. Quando dava por si, estava sentado no degrau mais alto da escada, ouvindo conversas que as pessoas nem se esforçavam muito para esconder. Era quase como se quisessem que ele escutasse.

Foi espiando um diálogo dos pais que Alec descobriu o Plano.

Ele já devia ter imaginado que algo assim aconteceria. Afinal de contas, era abril, o mês mágico e milagroso em que a preciosa Hazel nascera. Alec tinha apenas um dia especial. 10 de agosto, quando os pais fingiam que o garoto não era um problema. Já Hazel tinha um mês inteiro de adoração.

"O dia especial de alguém está chegando, hein?", dizia o pai.

"Está empolgada para a festa?", perguntava a mãe.

E os olhos de Hazel cintilavam. Ela agia como se não fosse para tanto, e os pais caíam naquele teatro. "Ela fez por merecer", diziam eles. "Ela precisa se divertir." Depois olhavam para Alec, esperando que ele concordasse, o que raramente fazia. Não era como se sua opinião fosse mudar alguma coisa: a menina teria uma festona de qualquer forma. Claro, seria legal da parte dele ser gentil com Hazel de vez em quando, mas Alec se recusava a dar essa satisfação aos pais.

Então, quando entreouviu os dois discutindo o Plano, ficou surpreso por terem demorado tanto para pensar naquilo. Deviam estar atrasados na leitura.

— É no capítulo cinco. Já chegou no capítulo cinco? — perguntou a mãe.

Ela e o pai estavam sentados à mesa da cozinha, um de frente para o outro, tomando café descafeinado, como faziam toda noite.

— Achei que o capítulo cinco era sobre deixar a criança escolher o próprio caminho — respondeu o pai, num tom de exasperação que vinha se tornando cada vez mais comum.

— Não, não, não, isso é do *A criança brilhante* — corrigiu a mãe. — Estou falando do outro livro, *Planejar o Plano*. Esse médico diz que as teorias do *A criança brilhante* estão todas erradas!

Alec se lembrava muito bem do método do livro *A criança brilhante*. O autor acreditava que as crianças eram como um monte de argila e que deveriam moldar a si mesmas através de exercícios malucos, tipo escolher o próprio nome. Alec tinha decidido se chamar Capitão Peido Trovejante e passara uma semana inteira soltando puns pela casa. Dizia que não podia se controlar — afinal, era o Capitão Peido Trovejante.

E aquilo nem tinha sido tão ridículo quanto a vez em que os pais leram que deveriam plantar um jardim com o filho para que ele aprendesse a cuidar de alguma coisa, ou a vez em que foram aconselhados a acampar para "fortalecer os laços familiares". O experimento do jardim terminou quando Alec enterrou o anel de noivado da mãe para plantar um pé de diamantes. O acampamento saiu do controle quando um mosquito entrou no nariz de Hazel e Alec convenceu a irmã de que o bicho botaria ovos nas fossas nasais dela. Depois disso, a viagem ficou com um clima péssimo.

— Sinceramente, Meg. Quanto mais livros a gente lê, mais me convenço de que nenhum desses supostos doutores sabem do que estão falando — argumentou o pai.

Mas a mãe de Alec não era do tipo que se deixava abalar.

— Bom, Ian, então qual é a alternativa? Desistir?

Não era a primeira vez que Alec ouvia uma conversa daquelas. Costumavam acontecer nos intervalos entre os livros que os pais liam para tentar entender por que o filho era tão diferente deles.

Mesmo não sendo a primeira vez, Alec sempre sentia uma coisa esquisita no fundo do estômago ao ouvir aquelas conversas. Porque, por mais livros que lessem ou jardins que plantassem ou leite orgânico que lhe enfiassem goela abaixo, a única coisa que os pais nunca haviam tentado era conversar com o garoto.

— Claro que desistir não é o caminho — retrucou o pai, balançando a colherzinha rente à borda da caneca.

Alec imaginou um redemoinho de café descafeinado girando no meio da cerâmica.

— É só me perguntar — sussurrou Alec. — É só me perguntar qual é o problema.

Por um segundo, pela primeira vez em seus quinze anos de vida, tanto o pai quanto a mãe ficaram em silêncio. Ele achou que talvez o tivessem ouvido.

Se perguntassem qual era o problema, o garoto responderia: "Não sou como vocês, não sou como a Hazel, e não tem nada de errado nisso."

Mas os pais continuaram conversando entre si.

— Você pode pular direto para o capítulo cinco — explicou a mãe.

— Por que você não me diz logo o que a gente deveria fazer? — pediu o pai.

— Leia o capítulo, Ian. A festa de aniversário é no fim de semana que vem, e acho que precisamos preparar o terreno antes de sábado.

O pai suspirou tão fundo que Alec ouviu da escada. Foi assim que o garoto soube que o pai leria mais um livro inútil com um método inútil que prometia ajudá-los a entender o filho enigmático. Era sempre assim.

E, como os pais escondiam aqueles livros num lugar supersecreto que Alec ainda não havia descoberto, ele estaria — como sempre — em desvantagem. Só descobriria o conteúdo do capítulo cinco ao longo da semana seguinte, conforme o tal Plano se desenrolasse.

No andar de cima, no banheiro compartilhado que ficava entre os quartos dos irmãos, Alec encarou o espelho e tentou se enxergar como os pais o enxergavam. Todos viam o mesmo cabelo loiro, os mesmos olhos verde-claros, o mesmo maxilar cerrado com determinação para o queixo nunca cair de surpresa, para os lábios nunca se abrirem num sorriso.

Todos os movimentos de Alec eram deliberados.

A única que às vezes o pegava de surpresa era Hazel.

— Tudo bem aí? — perguntou a irmãzinha, parada na porta interna do banheiro que conectava seu quarto ao do irmão.

Ele demorou um segundo para reconfigurar o rosto numa expressão de irritação, e teve medo de que ela o tivesse visto sobressaltado.

— Por que não estaria? — rebateu Alec.

Era um mestre na arte de desviar do assunto.

Hazel deu de ombros e pegou a escova de dente. Estava fingindo casualidade também, mas não era tão boa quanto ele.

— A mamãe e o papai estão esquisitos de novo — comentou Hazel, sem preâmbulos.

Ela queria dizer "A mamãe e o papai estão enchendo seu saco de novo", mas Alec não cairia naquela armadilha. A irmã era a pior dos três. Enganava todo mundo com suas perguntas que pareciam inocentes, e seu sorriso convencia a todos de que estava sendo sincera.

— Relaxa — retrucou ele. — Isso não vai atrapalhar sua festinha.

A resposta foi sarcástica, mas a irmã achou que ele estava preocupado de verdade.

— Não ligo muito para a festa — disse a menina, olhando para o reflexo do irmão em vez de se virar para ele.

Foi assim que Alec descobriu que Hazel estava mentindo.

Ela começou a escovar os dentes. Quando baixou os olhos para cuspir a espuma na pia, Alec a analisou.

Era como se a irmã conseguisse tornar cada pedacinho seu perfeito. Seu cabelo nunca ficava com frizz. Seu nariz nunca escorria. Suas sardas eram bem distribuídas, como se tivessem sido pintadas à mão por um artista habilidoso. Até seus dentes eram retos. Ela provavelmente nunca precisaria usar aparelho; já Alec estava começando a suspeitar que nunca tiraria o seu.

— Nem vem — disparou ele. — Claro que você dá bola para essa festa idiota.

O rosto dela assumiu um tom perfeito de rosa.

— Aposto que não vai aparecer muita gente — falou a menina.

Alec soltou uma risada sarcástica pelo nariz. Nem se deu ao trabalho de elaborar uma resposta para aquela súplica lamentável por falsa compaixão.

— Até parece — disse ele, voltando para o próprio quarto enquanto a garota terminava de enxaguar a boca.

Ele mal podia esperar pelo dia em que teria o próprio banheiro na própria casa e viveria de acordo com as próprias regras, sem ninguém para questionar por que ele era tão diferente.

Estrelas já começavam a aparecer no céu quando o devaneio de Alec foi interrompido pelo som de Hazel abrindo a porta interna do quarto dela. Esperou a irmã se afastar, porém, quanto mais o tempo passava, ficou claro que a garota não queria usar o banheiro. Alguns segundos depois, a porta do banheiro que dava para o quarto de Alec se abriu. Os cachos loiros da irmã surgiram na fresta, quebrando uma das regras básicas de convivência entre os dois.

—Vaza! — exclamou ele.

Assustada, Hazel recuou para o banheiro. Mas o sumiço não durou muito tempo. Logo ela abriu uma fresta ainda maior na porta. Então, para a total descrença de Alec, a irmã ousou dar um passo para dentro de seu quarto.

Hazel olhou ao redor por um instante, como se tivesse acabado de entrar num estranho mundo novo. De certa forma, tinha mesmo. Qualquer suspeita que Alec tivesse de que Hazel invadia seu quarto quando ele não estava em casa caiu por terra ao ver a expressão dela. A irmã era do tipo que seguia as regras, mesmo quando não tinha ninguém olhando.

—Você tá pedindo pra morrer — ameaçou o garoto.

Hazel engoliu em seco, mas deu outro passo para dentro do quarto.

Alec tinha algumas opções. Já que a intimidação verbal não estava funcionando, poderia usar força bruta. Dor era um excelente recurso. Também poderia afugentá-la jogando as cobertas para o lado e saltando da cama em sua direção.

Ou então poderia apelar para um pouco de manipulação psicológica. Ficar ali deitado, imóvel, sem dizer uma palavra — de olho nela, esperando a menina chegar mais perto para cumprir qualquer que fosse o objetivo que tinha em mente quando decidiu cometer a loucura de entrar em seu território, observando a coragem dela se dissipar à medida que adentrasse o quarto.

Fosse pela adrenalina de exercer tamanho controle sobre a situação, fosse pela curiosidade imensa para ver o que Hazel faria, Alec escolheu a terceira opção.

E aguardou.

Estranhamente, a irmãzinha não desviou o olhar dele nem por um segundo. Deu um passo na direção da cama, depois outro. Embora estivesse tremendo desde o instante em que colocara a cabeça pela fresta da porta, a garota avançou. Alec só notou que a irmã tinha algo em mãos quando ela chegou bem perto de sua cama.

Hazel deu as últimas passadas às pressas, como se estivesse usando sua última gota de coragem, e colocou um objeto no pé da cama de Alec. Então recuou um pouco, deu meia-volta e correu para o banheiro, fechando a porta.

Alec encarou o livro por um bom tempo antes de pegá-lo.

Era verde, com um título em letras brancas e grossas, perfeitamente centralizado e em alto-relevo. O início do capítulo cinco estava marcado com um Post-It cor-de-rosa. Quando abriu o livro, Alec se deparou com anotações a lápis nas margens, na caligrafia delicada da mãe. Eram instruções que ela e o marido deveriam seguir nos dias que faltavam até a festinha de Hazel, a menina de ouro.

A garota desafiara os pais — e o bom senso, as regras, assim como os próprios interesses — para roubar *Planejar o Plano* da biblioteca secreta enquanto os adultos dormiam.

E havia deixado o livro com ele.

O coração de Alec acelerou enquanto o garoto lia os passos detalhados no capítulo cinco — o método que prometia transformar crianças más em crianças boas e alcançar a harmonia familiar, coisa que as inúmeras leituras dos pais juravam ser possível.

Quando terminou de folhear as páginas que o pai ainda nem se dera ao trabalho de ler, mas cujas instruções já concordara em aplicar no filho problemático, Alec encarou a porta do banheiro. A irmã tinha criado coragem para abri-la mesmo sabendo a ira que precisaria enfrentar. Ele passou o resto da noite tentando entender por que ela havia feito aquilo. Que jogo era aquele? Que esquema Hazel estava arquitetando? Queria fazer o garoto sentir uma falsa camaradagem fraternal?

Sua mente voltou ao passado. Alec relembrou as vezes em que Hazel quase o enganara, momentos em que o garoto tinha certeza de que a irmã tentara passar a perna nele. Quando preparou biscoitos para ele em seu forninho de brinquedo depois que os pais ignoraram os pedidos dele para comprar doces no mercado. Quando, durante aquele maldito acampamento, ela riu de uma piada de Alec enquanto esfregava o nariz desesperadamente, tentando expulsar o mosquito invasor. Ou quando incluiu o nome dele no cartão de Dia das Mães, porque sabia que o garoto se esquecera da data.

Alec passou o resto da noite olhando pela janela, até as estrelas darem lugar à aurora azulada. Seria legal acreditar que a irmã deixou o livro com ele porque achava que uma aliança entre os dois era uma boa ideia. Porém, dez anos vendo aquela garota enfeitiçar os pais e o resto do mundo haviam ensinado a Alec que Hazel não era digna de confiança.

Não, pensou ele enquanto a noite virava dia. *É só mais um truque.*

Hazel já tinha conseguido enganar todo mundo, menos ele. Aquela oferta de paz fajuta não era o bastante para fazê-lo acreditar que do nada ela decidira ficar do lado dele. Mas não saber o que a irmã estava tramando o deixou inquieto. Só havia uma forma de resolver aquele mistério.

— Vou fingir que caí na lábia dela — sussurrou Alec para si mesmo. — Uma hora, ela vai mostrar quem é de verdade.

— Você está complicando demais as coisas — disse Hazel.

Ela tinha aceitado aquela nova aliança entre irmãos com uma tranquilidade surpreendente. Os dois estavam no quintal, sentados com os pés mergulhados na água da piscina enquanto o sol banhava suas costas. Alec não precisava de um espelho para saber que seu pescoço já devia estar rosa-choque.

— Como assim? É o plano perfeito — insistiu ele.

Alec estava tão acostumado a desprezar a irmã que era difícil fingir que a levava a sério. Mas, para descobrir o que ela estava tramando, o garoto precisava ser convincente.

Só que, por mais esquisito que fosse, escutar seus conselhos estava começando a fazer Alec enxergar a irmã de outra forma. Era estranho ver uma pessoa com a qual tinha um parentesco tão próximo se transformar diante de seus olhos, quase como se ele tivesse passado a vida inteira convivendo com um holograma.

Ela se revelou uma bela farsante.

— Então vamos ver se entendi — rebateu Hazel, revirando os olhos. — Sua grande ideia para convencer nossos pais de que você não é um sociopata… é agir como um sociopata?

Ao ler o capítulo cinco, Alec descobrira que o tal Plano envolvia um modelo absurdamente simplista do cérebro de um adolescente. Para criar um filho comportado e obediente, os pais precisavam tratá-lo da forma oposta. Era uma das piores abordagens de psicologia reversa que Alec já tinha visto, e nada o irritava mais do que ter a própria inteligência subestimada.

Então seu Contraplano era simples: se comportar de maneira ainda pior. Muito, muito pior. Ele estava mentindo, é claro. Sabia que aquela ideia era péssima. Mas precisava que Hazel sugerisse o verdadeiro Contraplano. Era o único jeito de convencê-la de que acreditava no seu gesto de amor fraternal.

Aí, depois que a irmã baixasse a guarda, ele descobriria o que ela estava tramando.

— Você acha que *eu* sou o sociopata nesse cenário? — perguntou Alec, tentando não se sentir ofendido. *É só atuação*, lembrou a si mesmo. *É só atuação.* — Eles acham que vou me tornar bom se me tratarem como se eu fosse mau! Isso, sim, é coisa de sociopata — acrescentou Alec, num tom ultrajado.

Ele estava *fingindo* argumentar que malcriações *falsas* eram a melhor solução para as broncas *falsas* que os pais dariam por causa de suas malcriações *verdadeiras*. Era tudo muito confuso. Alec sentiu o princípio de uma dor de cabeça.

— Escuta — começou Hazel, parecendo mais velha que seus quase dez anos. — Não me leva a mal, mas você meio que perdeu o jeito.

— Como assim? — questionou Alec, tentando proteger a nuca queimada com a mão.

Até pouco tempo atrás, Hazel sentiria medo de ser tão direta com ele. Talvez Alec estivesse mesmo perdendo seu jeito intimidador.

—Você costumava esconder muito bem — explicou Hazel. Ela o encarou, esperando que o garoto compreendesse. Mas Alec não disse nada, então a irmã suspirou e continuou: — Antes, você se safava bem mais.

— E por acaso isso é culpa minha? — rebateu ele, odiando o próprio tom rabugento. — A culpa é *sua*.

Hazel franziu o cenho. O garoto explicou:

— Só começaram a achar que eu sou o filho *mau* quando perceberam que você é a filha *boa*.

A irmã baixou os olhos para a piscina. Alec viu um lampejo da antiga Hazel, que sempre se aproximava dele na ponta dos pés, pronta para pedir desculpas, como se fosse ridículo imaginar que um dia seriam amigos.

Alec sentiu uma pontada de remorso. Enterrou o sentimento sem pensar duas vezes.

— Certo, então qual é o *seu* Contraplano? — exigiu ele.

— É só você ser bom — afirmou a menina.

Alec caiu na gargalhada. A solução dela era simples demais.

— Essa é sua grande ideia para enrolar nossos pais? Fazer o reverso da psicologia reversa?

Ela deu de ombros e elaborou:

— Se você se comportar um pouco melhor e eu me comportar um pouco pior, talvez a gente consiga neutralizar a atenção deles. Talvez nos deixem em paz.

Alec deixou o queixo cair. Permitiu que o corpo sentisse o choque que reprimia havia tanto tempo, e fez isso diante da pessoa mais improvável: a menina de ouro. A criança que fazia tudo o que mandavam assim que mandavam. Que só tirava notas altas e tocava piano, que lavava a louça e ajudava a professora na sala de aula. Que nunca gerava reclamações na reunião de pais e professores. A filha perfeita.

Talvez ela não quisesse mais ser tão perfeitinha.

Como Alec nunca percebera que a posição dela na família era um fardo tão grande quanto o dele? Como nunca notara aquele brilho nos olhos da irmã, que sugeria "Vamos trocar de lugar hoje"? Quando ela havia deixado de ser Hazel, a menina de ouro, e se tornado apenas Hazel, uma menina?

Só mais um motivo para não confiar nela, pensou Alec, sentindo sua determinação aumentar. Ela estava cansada de fingir ser boazinha e pronta para se tornar uma criança travessa. Definitivamente estava aprontando alguma.

— Acha que consegue ser má? — perguntou ele.

Não tinha a intenção de desafiar Hazel, só estava curioso.

— E *você*, consegue ser *bom*? — retrucou ela.

Sem sombra de dúvida, estava desafiando o irmão.

Eles decidiram colocar a nova estratégia em prática imediatamente.

Os pais já tinham começado a conduzir o experimento do *Planejar o Plano*. Pegaram no pé de Alec o dia inteiro. Deram uma bronca nele por não tirar as roupas do varal. Depois, reclamaram por ele ter jogado videogame antes de fazer a tarefa de casa, mesmo estando de férias. Fizeram até um longo sermão sobre a importância de passar fio dental — o que era estranho, pois ele tinha acabado de ir ao dentista e nenhuma manchinha foi encontrada em seus dentes.

Quando chegou a hora do jantar, o rosto de Alec doía de tanto sorrir. Seu pescoço também, de tanto concordar. Havia reprimido tanta raiva que sentia o sangue fervendo; era impressionante não ter entrado em combustão espontânea. Engoliu todas as broncas, sem cair na tentação de ser insolente com os pais.

E, conforme combinado, Hazel dividiu o fardo com o irmão. Ela escolheu aquela manhã para mostrar à mãe a nota não tão boa na prova de ditado da semana anterior. Derrubou as camisas do pai na lama "acidentalmente" enquanto as tirava do varal. E, após o Grande Debate Sobre Fio Dental da Tarde de Segunda-Feira, Hazel inaugurou um comportamento novo: deu uma resposta atravessada para a mãe.

— Engraçado que o dentista não encontrou nenhuma cárie, não foi? — murmurou ela, alto o suficiente para que a mãe ouvisse.

— Ei, mocinha, o que deu em você hoje? — perguntou a mãe.

Depois da janta, quando Alec e Hazel viraram o corredor para seus respectivos quartos, os irmãos se cumprimentaram com um tapinha na mão e sorrisinhos discretos.

Mas, assim que fechou a porta, Alec começou a analisar as ações da irmã. Ela se dispôs rápido demais a intervir nas brigas, a rebater as broncas da mãe com um comentário atrevido, e piscou de forma conspiratória para ele durante o jantar. Aquele pequeno espetáculo que a irmã estava encenando para ele era perfeito demais.

Você não é esperta o suficiente para ganhar esse jogo, pensou Alec antes de dormir. *É complexo demais para você, irmãzinha.*

Na arte de ser uma criança malcriada, Alec tinha cinco anos a mais de experiência. Se Hazel achava que conseguiria roubar aquele título, estava muito enganada.

• • •

O dia seguinte foi quase uma repetição do anterior.

Quando os pais criticaram a falta de modos de Alec durante o café da manhã, Hazel arrotou. O pai acusou o garoto de riscar a porta do carro com a bicicleta, e a caçula assumiu a culpa sem nem pestanejar. Assim que a mãe perguntou quando foi a última vez que Alec comeu um vegetal, Hazel questionou quando foi a última vez que os pais cozinharam algum vegetal saboroso.

Naquela noite, a garota se juntou a Alec no topo da escada. Os dois entreouviram os pais conversando, confusos, sobre os últimos dois dias.

— É impressão minha ou a Hazel está passando por uma... fase? — sussurrou a mãe.

As colherinhas de chá batiam na borda das canecas.

— No começo, achei que era coisa da minha cabeça — concordou o pai.

O espanto deles era evidente.

— Ouviu o que ela me disse hoje à tarde? — perguntou a mãe. — Falou que eu estava "acabada". Acabada, Ian! Estou com cara de acabada?

Alec murmurou:

— Não, mas está *com voz* de acabada.

Hazel reprimiu uma risada, mas o garoto estava irritado demais para achar graça. Os pais o enfureciam. Era mesmo tão inacreditável que Hazel pudesse ser ainda mais malvada que Alec, o primogênito terrível?

— Ninguém pode te julgar por estar acabada — replicou o pai.

— Opa, péssima resposta — sussurrou Hazel.

Daquela vez Alec achou graça, e ficou surpreso com a própria risada.

— Quer dizer que estou *mesmo* acabada? — indagou a mãe.

Dava para ouvir uma colherinha batendo na caneca de cerâmica outra vez. Um dos dois estava misturando o café bem rápido.

— Claro que não, Meg. Que tal a gente focar nas crianças? — sugeriu o pai.

A mãe soltou uma interjeição severa e admirada.

— Rá! Olha só quem está se comportando como um adulto agora — debochou ela.

Alec e Hazel se encolheram na escada, trocando expressões de preocupação.

— Isso não vai acabar bem — murmurou Alec.

— Sério, Meg? — demandou o pai.

— Só acho que... — começou a mãe.

— Ah, eu sei muito bem o que você acha — rebateu o pai. — Já deixou isso claro.

— Pelo amor de Deus, Ian. Vê se cresce.

Quando Alec se virou para Hazel, a irmã estava sorrindo. Como se tudo estivesse correndo conforme o plano. É claro. Do ponto de vista dela, estava mesmo.

A menina se virou para o irmão. Se Alec não fosse capaz de enxergar por trás da máscara de Hazel, acreditaria que o sorriso era genuíno. Se fosse o tipo de pessoa que caía naquela manipulação barata, talvez até sentisse um pouco de afeto por ela, uma irmã que só queria se dar bem com o irmão.

Era fofinho, pensou Alec, como ela acreditava que podia ser mais esperta que ele.

— Certo, certo — falou o pai, respirando fundo. — Não podemos nos voltar um contra o outro.

A mãe suspirou.

—Você tem razão.Vamos para a cama, foi um dia longo. Ah, não estou encontrando o livro.

— Deixa pra lá, a gente procura amanhã de manhã — sugeriu o pai.

Assim que ouviram os pés das cadeiras sendo arrastados nos azulejos da cozinha, Alec e Hazel se levantaram de um salto e correram cada um para o seu quarto. Fecharam as portas no instante em que a luz da escada foi acesa, anunciando a aproximação dos pais.

Deitado na cama, Alec pensou em todas as versões de seu próprio plano — o Contraplano do Contraplano, por assim dizer.

No dia seguinte, organizariam os últimos detalhes da festa. Alec ouviu a mãe mencionar o assunto milhares de vezes. Como o pai não poderia ir por causa do trabalho, ela que arrastaria os dois filhos para o encontro com tia Gigi na pizzaria.

Lá, Alec planejava expandir sua missão de reconhecimento para descobrir o que Hazel estava tramando. Aquele devia ser o lugar onde todos os Planos e Contraplanos culminariam. Era o único motivo que ele conseguia imaginar para Hazel estar disposta a sabotar a própria festa de aniversário, permitindo que Alec agisse… bem, como de costume. A festa dela no sábado era importante. O que quer que a irmãzinha estivesse planejando aconteceria ali.

Só restava ao garoto esperar Hazel revelar as cartas que tinha na manga. Era só uma questão de tempo. A irmã se mostrou mais astuta do que ele esperava, mas estava longe de ser um gênio do mal.

Aquele título era reservado a Alec.

Algum tempo depois da porta do quarto dos pais se fechar, Hazel abriu a do banheiro compartilhado e enfiou a cabeça pela fresta.

— Hoje foi divertido — disse ela.

Alec entrou no papel de "irmão e conspirador".

— Foi mesmo — concordou ele. — Mandou bem com o lance dos vegetais.

—Valeu — disse Hazel, soltando uma risadinha tímida.

Ah, fala sério, pensou Alec, mas evitou revirar os olhos.

— Ei, você não acha que isso vai... sei lá, destruir nossos pais? — questionou a irmã.

— Não, eles aguentam. Confie em mim. Já fiz eles passarem por coisas muito piores.

Hazel assentiu, lançando mais um sorrisinho tímido antes de fechar a porta e ir para o próprio quarto.

Alec só notou que estava sorrindo depois de alguns minutos. Não por imaginar como venceria a irmã, tampouco porque iria expô-la como uma fraude diante dos pais, dos amigos e de todo mundo.

Ele estava sorrindo porque se divertia na companhia dela.

Se recomponha, Alec, ordenou o garoto, brigando consigo mesmo.

Repetiu várias vezes que Hazel não era tão boazinha quanto fingia ser, que só estava usando o irmão para conseguir o que queria. Lembrou que aquela aliança falsa era temporária. Assim que ele revelasse a fraude que a garota era, os dois voltariam a se isolar cada um no seu quarto. Dali em diante, Alec poderia fazer tudo o que quisesse, de forma irrestrita, sem ser comparado constantemente com a menina de ouro.

Ele tirou o sorriso patético do rosto e caiu no sono pensando em vingança.

— O que acha, Gigi? Será que a gente inclui mais alguns Festuíches Fazbear?

Era quarta-feira, e a mãe de Alec e Hazel estava acabadíssima. Havia perdido a hora porque não ouviu o despertador tocar. Enfiou os filhos no carro sem tomar banho ou sequer escovar os dentes, escondendo o cabelo bagunçado sob um velho boné. Sob a sombra da aba, as olheiras a deixavam parecida com um esqueleto.

Para piorar, Hazel perguntara — com sua voz mais preocupada — se a mãe estava bem, porque parecia doente. E para piorar mais ainda, Alec tinha sido... gentil.

"Você está bonita, mãe", dissera o garoto.

Aquilo a surpreendera tanto que ela franziu o cenho, mandou os dois afivelarem o cinto de segurança e passou por dois sinais vermelhos para não se atrasar para encontrar tia Gigi na Pizzaria Freddy Fazbear's.

Agora a mãe estava sentada no salão de festas, enquanto uma funcionária nada entusiasmada esperava impacientemente por respostas sobre a festa no sábado.

— O que raios é um Festuíche? — perguntou tia Gigi.

Ela apoiou a mão na mesa, mas a ergueu imediatamente ao sentir algo grudento.

— É um... Então... É um ... — gaguejou a mãe, distraída ao ver Alex e Hazel brincando juntos num dos fliperamas.

— Você é péssima nesse jogo — disse Alec.

— Sou nada! — exclamou Hazel.

Depois que a irmã errou pela terceira vez, porém, Alec caiu na gargalhada.

— Tá, não é muito minha praia — admitiu a menina. — Arraso mesmo nas máquinas de pinball.

— Você mal consegue enxergar o painel com os botões! — exclamou Alec, bagunçando o cabelo da irmã.

Hazel sorriu. Alec também, mas por uma razão diferente. Estava revigorado depois de uma boa noite de sono, com os ânimos renovados para levar a cabo a missão de derrubar a irmã.

— É um delicioso croissant. O recheio pode ser de macarrão com queijo frito, batata ralada ou marshmallow com chocolate — explicou a funcionária para tia Gigi, sem emoção.

— Nossa, parece nojento — opinou a tia.

A funcionária não discordou.

A mãe enfim desviou o olhar dos filhos e focou no que precisava resolver.

— Sim, mas custa só mais vinte dólares. E, para ser sincera, não sei se o Combo Superfesta Surpresa vem com comida suficiente — explicou ela, preocupada.

— Então vai querer uma bandeja adicional de Festuíches Fazbear com molho extra para acompanhar? — perguntou a funcionária, que àquela altura já estava farta da interação.

— Isso. Vamos nessa — confirmou a mãe, aliviada por enfim ter tomado a grande decisão. — Tenho esses cupons para o especial Festança Pirata do Foxy. Ainda dá para usar?

Enquanto a mãe e tia Gigi acertavam os últimos detalhes, Alex e Hazel vagaram pela pizzaria vazia, afastando-se das adultas.

— Qual é a graça deste lugar, hein? — perguntou Alec, tentando não revelar coisas demais.

A verdade profunda e terrível era que ele sempre quis fazer a própria festa de aniversário na Freddy Fazbear's, mas nunca teve amigos o bastante para justificar o custo de uma festona. Em vez disso, os pais sempre improvisavam uma "festa da piscina" em casa, mas em geral as únicas crianças presentes eram os amigos que Hazel convidava para fazer número.

A irmã caçula deu de ombros, fingindo indiferença.

— Sei lá.

— Mentirosa — disse Alec. — Este é o quarto ano seguido que sua festa é aqui.

Aquela era a dupla manipulação perfeita. Ele convenceria Hazel a contar o que tornava a festa idiota daquele ano tão importante, e ela acharia que Alec estava apenas tentando ter uma conversa de irmão para irmã.

— Por que *você* não me diz qual é a graça? — rebateu ela, pegando Alec de surpresa.

Só então o garoto percebeu o que estava fitando, e desviou o olhar rapidamente.

— Tarde demais para disfarçar — disse Hazel.

Ela apontou com a cabeça para o Yarg Foxy.

Lá estava, em toda a sua grandiosidade, a raposa de tapa-olhos, perna de pau e mão de gancho. Havia um bicho de pelúcia gigante do personagem no palco, para que as pessoas pudessem tirar foto com ele. Mas a raposa tinha um papel diferente em cada unidade da Pizzaria Freddy Fazbear's: às vezes recebia os visitantes na entrada, às vezes tocava na banda com os outros personagens. Onde quer que estivesse, Alec o encontrava. Yarg Foxy era seu personagem preferido. Quando era mais novo, *talvez* o garoto até andasse pela casa com o pé enfiado dentro de um vaso de plantas e brandindo um rolo vazio de papel toalha, para fingir que era o pirata vulpino.

E *talvez* Hazel já tivesse testemunhado aquela brincadeira.

— Que seja — falou Alec. — Isso é besteira de criança. Além disso, a festa é sua, não minha.

Os irmãos haviam parado no corredor entre os fliperamas e o palco. Alec espiou o palco onde Freddy Fazbear e seus amigos animatrônicos repetiam suas coreografias. O menino sempre se sentia meio perturbado quando os corpos robóticos ficavam imóveis depois do espetáculo, enquanto o resto da pizzaria vibrava com os estalos e apitos dos jogos.

O garoto recuou instintivamente e bateu o calcanhar em alguma coisa. Ao se virar, deu de cara com uma plataforma alta que continha uma versão menor do urso no palco. Acima do brinquedo, uma placa luminosa desligada dizia FREDDY SOLITÁRIO.

Era um nome esquisito para um brinquedo, mas tudo na criatura era esquisito. O urso parecia empertigado, quase atento. Seus olhos estavam voltados para o palco, mas Alec teve a estranha sensação de que o urso o observava.

— Talvez eu queira que este ano seja diferente — falou Hazel.

Alec se sobressaltou com a voz dela. Tinha se distraído tanto com o Freddy que esqueceu que a irmã estava ali também.

— Como assim? Quer ganhar mais presentes? — perguntou o garoto. — Você sabe que vão te dar tudo que quiser, como sempre — acrescentou, deixando um pouco do veneno escapar.

Não conseguiu se conter. Que menina ingrata! Era *dele* que ninguém gostava, era *ele* que precisava lutar para conseguir qualquer coisa, *ele* que era sempre incompreendido.

— Tem coisas que nem a mamãe e o papai conseguem me dar — retrucou ela.

Alec estava deixando a própria máscara cair, e Hazel também. Dava para ver que a caçula estava entrando na defensiva.

— Confie em mim: eles são capazes de mover montanhas por você — insistiu Alec.

— Eles se esforçam — defendeu Hazel, cabisbaixa.

— Sim, se esforçam *por você* — rebateu o irmão.

Ela cerrou a mandíbula, então disparou:

— Só fazem tanta coisa por *mim* porque sentem culpa de se preocuparem tanto com *você*. Tem noção de quanto tempo o papai passou planejando aquela viagem para acampar?

Alec sabia. Do topo da escada, tinha ouvido os pais orquestrarem os mínimos detalhes da viagem para manter o filho calmo. Como se ele fosse uma espécie de bomba que os dois fossem responsáveis por impedir que explodisse.

O olhar do garoto recaiu sobre o urso. Alec foi tomado por uma sensação muito esquisita, uma vontade de ir conversar em outro lugar.

Freddy Solitário, pensou Alec. *Acho que está mais para Freddy Fofoqueiro.*

Hazel pôs as mãos na cintura e disparou:

— Aposto que você nem sabe que a gente se mudou para cá por sua causa.

— Como assim? — indagou Alec, confuso.

Ele estava baixando a guarda, mas não esperava aquela reviravolta.

— A gente só veio morar aqui porque é mais perto da tia Gigi. O papai e a mamãe acham que você gosta mais dela do que deles, porque nossa tia "te entende" — revelou a caçula, fazendo aspas com os dedos.

— Hã... — soltou Alec, incapaz de negar.

Ele realmente gostava mais da tia do que dos pais.

— Não acha que isso pode ferir os sentimentos deles? — questionou Hazel. — Você gostar mais da sua tia do que da sua mãe?

O que estava acontecendo? De onde vinha toda aquela raiva? Alec estava muito confuso. Hazel estava agindo como... como... ele!

— Se nossos pais são tão incríveis e eu sou tão malvado — começou Alec, perdendo o controle do Contraplano do Contraplano —, por que você resolveu me ajudar, em vez de ajudar os dois?

Hazel escolheu aquele momento para se calar. Recolocou a máscara mais rápido que Alec, o que o deixou ainda mais furioso. Ela estava se saindo melhor do que ele, apesar de ter cinco anos de experiência a menos.

— Hazel! Hazel, cadê você? — chamou a mãe.

A garota parou de fulminar o irmão com o olhar e respondeu com um grito:

— Já vou!

Então deu meia-volta e se dirigiu ao salão de festas, deixando Alec na companhia do Freddy intrometido.

— Está olhando o quê, hein? — resmungou o garoto para o brinquedo.

Alec jurou ver uma luz piscar nos olhos do urso, quase como um flash de câmera fotográfica, e reprimiu um calafrio.

— Bizarrão — disparou para o boneco, antes de seguir o mesmo caminho que a irmã.

A funcionária tinha voltado com mais uma pergunta, e a mãe dos meninos claramente não aguentava mais tomar decisões.

— Hazel, querida, você vai querer brincar no Túnel de Vento? — perguntou a mãe.

Ela indicou o grande brinquedo tubular com as palavras TÚNEL DE VENTO no topo, estilizadas de modo a parecer um tornado. Dentro do tubo, havia pedacinhos de papel picado e confete da festa anterior. Também havia fichas para os fliperamas, cupons que davam direito a prêmios e fitinhas de celofane presos nos cantos.

— Não faço questão — disse a menina, mas era uma mentira deslavada.

Alec não se deixou enganar. Nem a mãe.

— Mas, meu bem, você teria uma chance de ganhar o Yarg Foxy. Não é isso que você queria?

— Como assim?! — exclamou Alec, se sentindo magoado.

Aquela era a maior traição de todas.

O garoto nunca tinha visto o rosto da irmã ficar tão vermelho. As bochechas e o pescoço dela pareciam queimados pelo sol. Hazel se virou, como se estivesse sentindo o olhar furioso do irmão, para confirmar que Alec testemunhara a conversa.

Ah, eu vi tudinho, pensou ele. *Era a única coisa que você sabia que eu queria.*

— Tá, vou morder a isca — disse tia Gigi, interrompendo o papo. — O que é um Yarg Foxy?

A funcionária apontou para a prateleira com o prêmio máximo. Ao lado, uma placa indicava o preço de dez mil tíquetes.

— É aquela raposa pirata — disse a mãe, sem ligar muito.

Tia Gigi foi até a prateleira para olhar o bicho mais de perto, intrigada.

— Não vejo graça — disse ela.

A funcionária suspirou.

— Nem eu — concordou a mãe. — Mas as crianças piram com esse boneco.

Hazel fitou o chão, com as orelhas vermelhas.

— O brinquedo faz alguma coisa? — questionou a tia.

— Ele balança a mão de gancho — respondeu a mãe.

— Hum. E qual é o bicho que fica seguindo as crianças? — quis saber tia Gigi.

— Como assim?

— Ah, você sabe — começou a tia, estalando os dedos enquanto tentava se lembrar. — O urso lá.

— Ah, sim — disse a mãe, se virando para a funcionária, cujos olhos demoraram para se erguer do celular.

Sem responder à pergunta, a funcionária girou um botão no rádio, levou a mão ao fone de ouvido e instruiu:

— Alguém manda o Daryl fazer a apresentação do Freddy Solitário.

Todos ouviram a resposta vinda do rádio:

— O Daryl está de folga.

A funcionária soltou um suspiro tão longo que Alec ficou surpreso por ela não desmaiar. Sem dizer nada, a jovem atravessou o restaurante até uma plataforma onde ficava um urso de meio metro. Após alguns segundos de hesitação, a família a seguiu.

A funcionária estendeu a mão e indicou o animatrônico. Parecia idêntico ao que Alec tinha visto entre o palco e os fliperamas. A postura rígida era a mesma. O olhar distante, também.

— Este é um Freddy Solitário — começou ela, declamando o roteiro de cor com um tom de voz entre a apatia e o desprezo. — Na Pizzaria Freddy Fazbear's, acreditamos que nenhuma criança deve vivenciar sozinha as maravilhas e delícias do nosso estabelecimento. Usando tecnologia patenteada e um toque da magia de Freddy Fazbear, seu filho ou filha pode conversar com o urso. Freddy vai decorar todas as coisas favoritas da sua criança, como um verdadeiro melhor amigo.

Tia Gigi chegou perto da irmã e sussurrou:

— Eu entendi errado ou esse "Freddy Solitário" é uma tentativa de cura para crianças desprezadas?

— Gigi! — exclamou a mãe.

— Meg, olha isso, é um último recurso. Sério, eles colocam uma máquina para interagir com crianças sem amigos.

A funcionária, que conseguia ouvir tudo, ergueu a sobrancelha. Mas não disse nada.

Alec tossiu e murmurou:

— Otários.

Mas sua atuação foi péssima. Sem dúvida, Alec seria relegado a um Freddy Solitário numa festa de aniversário. Quer dizer, isso se o convidassem para festas.

— Para garantir a segurança do seu filho ou filha, pedimos que não subam, montem ou maltratem os Freddys Solitários.

Pais ou tutores devem assumir a responsabilidade pela saúde e pelo bem-estar das crianças na presença dessa tecnologia.

Com isso, a apresentação ensaiada da funcionária chegou ao fim, e ela voltou para o salão de festas. Todos a seguiram, com a decisão sobre o Túnel de Vento ainda em aberto. O desvio para conhecer o Freddy Solitário não ajudara a resolver a questão, e eles estavam esgotando a paciência da moça.

Tia Gigi chegou perto da irmã mais uma vez e murmurou:

— Não dá para comprar a tal da raposa e evitar o drama? E se ela não conseguir cupom no negócio de vento?

— Não é a mesma coisa que *ganhar* — argumentou a mãe, prestes a surtar.

Hazel ouviu o debate. Alec conseguia perceber que ela estava tentando parecer indiferente, mas espiava a prateleira com o prêmio máximo: um Yarg Foxy novinho em folha, dentro da caixa, pronto para ser levado para casa. Acima do brinquedo, um letreiro luminoso vermelho anunciava: você pode me ganhar no túnel de vento!

Era óbvio que Hazel queria a raposa, então por que estava fingindo que não? Tanto faz, o importante era que ela queria o brinquedo.

E, quando não conseguir, todo mundo vai ver que você é uma menina mimada que só finge ser boazinha.

O Contraplano do Contraplano de Alec enfim tomou forma.

— Hazel, você devia tentar o Túnel de Vento — disse o garoto, calibrando a voz no volume certo para ser ouvida tanto pela irmã quando pela mãe.

Tia Gigi inclinou a cabeça, olhando para ele, depois perguntou para a irmã:

—Você começou a comprar leite orgânico?

A mãe apertou a ponte do nariz, como fazia sempre que sentia uma enxaqueca se aproximando. Ela se virou para a funcionária e anunciou:

— Pode colocar o Túnel de Vento no pacote.

Em casa, os irmãos mantiveram a nova rotina, com Alec fazendo o papel de herói e Hazel o de vilã. Quando a mãe mandou o garoto ficar longe do chão onde acabara de passar pano, Hazel fez questão de pisar ali com os sapatos sujos de lama. Quando a mãe pediu para Alec separar o lixo reciclável, Hazel jogou garrafas e jornais na lixeira da garagem, reservada para o lixo orgânico.

— Hazel, o que deu em você? — questionou a mãe.

— Não sei do que está falando — respondeu ela, então subiu as escadas correndo e bateu a porta do quarto com força.

Tia Gigi arregalou os olhos.

Alec se sentou no degrau de sempre, no topo da escada, para bisbilhotar.

— Parece que ela foi possuída! — exclamou a mãe.

— Parece que ela tem *dez anos* — rebateu tia Gigi.

Alec começou a rir. A tia não fazia ideia de que estava contribuindo para o plano deles.

Se os pais achassem que tinham perdido a razão, ficariam tentados a se livrar dos livros de autoajuda e perceberiam que o filho não era um problema a ser resolvido. Ou, naquele caso, a filha.

— É como se eles tivessem trocado de lugar, Gigi. É bizarro! — falou a mãe.

— O que é isso? — perguntou a tia.

De seu lugar na escada, Alec não conseguia ver ao que ela estava se referindo.

— É um livro — explicou a mãe, a exaustão em sua voz deixando claro que havia perdido a fé no *Planejar o Plano*.

— Meg, acho ótimo que você e o Ian estejam tentando garantir que seus filhos não se tornarão assassinos em série.

— Valeu, Gigi — retrucou a mãe, seca. — Que bom que nosso esforço é apreciado.

— É sério. Acho que são ótimos pais — disse tia Gigi.

— Sinto que tem um "mas" vindo... — arriscou a mãe.

— *Mas* você já parou para pensar que, com essas tentativas de fazer os dois serem crianças normais... seja lá o que isso signifique... talvez vocês tenham...

— Talvez nós tenhamos o quê? — questionou a mãe, parecendo mais temerosa da resposta do que na defensiva.

— Talvez tenham deixado eles assim? — concluiu tia Gigi, aguardando um instante antes de complementar: — Hazel é a boazinha. Alec é o problemático. É como se vocês tivessem isolado cada um na própria ilha.

— Gigi, eu te amo — falou a mãe.

— Sinto que tem um "mas" vindo...

— *Mas* se mais uma pessoa vier me dizer como criar meus filhos, vou gritar.

A tia se calou depois disso.

— Só queria que a gente fosse uma família de verdade — lamentou a mãe de Alec, soando mais exausta do que nunca.

— Meus parabéns — disse tia Gigi. — Vocês são.

Enquanto se levantava para se esgueirar para o quarto, Alec ouviu a mãe rir, embora não tivesse sido uma piada.

Assim como Hazel, a mãe de Alec já tinha tudo que queria, mas ainda queria mais. Desejava filhos perfeitos com modos perfeitos na casa perfeita.

Para Hazel, não bastava ter um monte de amigos e uma festa de aniversário épica todo ano. Ela queria a porcaria da raposa também. Por quê? Porque era a única coisa que ainda não tinha em sua vidinha perfeita.

Agora Alec compreendia que a irmã era uma menina falsa e mimada, que tinha feito tudo para que *ele* parecesse o mimado. Tudo para não estragar sua festinha de aniversário idiota.

Bela tentativa, irmãzinha, pensou ele, sentindo um muro se formar ao redor do coração acelerado. *Mas você vai ter uma surpresa no dia da festa.*

O Contraplano do Contraplano entrou em ação.

Os pais deles estavam prestes a surtar. Quando Hazel perguntara ao irmão se achava que o Contraplano acabaria destruindo os dois, ela estava brincando. Mas, ao que parecia, a pergunta tinha um fundo de verdade.

Chegaram ao limite na quinta-feira. Alec e Hazel os atormentaram incessantemente. Alec arranjara uma tarântula de estimação, que Hazel colocou na cama dos pais. Alec havia "tentado ajudar" pedindo pizza para o jantar, mas Hazel secretamente acrescentou anchovas embaixo do queijo. Um jogo amigável de charadas iniciado por Alec levou a mãe às lágrimas quando a palavra CABRA surgiu e Hazel soltou: "Um bicho que fede como a mamãe!"

Sexta-feira passou voando, com o pai fazendo todo o possível para manter a paz no dia anterior à festa, embora nem ele nem a esposa estivessem sentindo muita vontade de celebrar a menina de ouro.

— Talvez seja algo hormonal — sugeriu o pai, enquanto Alec e Hazel escutavam tudo do topo da escada. — Ela deve estar nervosa, querendo que os amiguinhos se divirtam na festa.

— Ian, eu acordei noite passada com uma aranha do tamanho da minha mão andando pelo meu cabelo — rebateu a mãe, a voz vacilando enquanto tentava segurar as lágrimas pela milésima vez na semana.

— Caramba, achei que eles tinham conseguido encontrar a aranha antes de dormir — sussurrou Alec, sentindo uma pontada de culpa verdadeira.

— Encontraram, sim — explicou Hazel. — É que eu... bom, soltei ela de novo.

Alec encarou aquela estranha que era sua irmã. Sua determinação de expor Hazel continuava firme, mas ele estava realmente impressionado. O garoto não teria conseguido pensar em metade das situações caóticas que ela provocara ao longo da semana. Alec lamentou o dia em que voltariam para suas respectivas ilhas, depois que a armação chegasse ao fim. Independentemente dos motivos por trás daquele golpe duplo (ou talvez triplo), ele sentiria saudade de Hazel. Não conseguia se lembrar da última vez que se sentira tão próximo daquela pequena estranha.

E talvez não se lembrasse porque era a primeira vez.

Na manhã de sábado, os pais fizeram algo inédito nos últimos anos: deixaram Alec e Hazel dormirem o quanto quisessem.

A garota acordou muito antes do irmão, mas ficou no quarto brincando sozinha até Alec despertar às nove.

Assim que se sentou na cama, fazendo as molas do colchão rangerem, o garoto ouviu os passinhos leves de Hazel vindo até o quarto dele. A porta do banheiro se abriu, e ela entrou com uma casualidade que seria impensável sete dias antes.

— Chegou o grande dia — comentou Alec, analisando a expressão da irmã.

Esperava ver empolgação, marra ou talvez até uma pontada de culpa pela tortura a que submeteram os pais. Hazel não estava acostumada com isso, por mais que houvesse decidido deixar de ser a menina de ouro.

Mas Alex não viu nada daquilo no rosto da irmã. Só as sardas, os olhos verde-claros, os cachos loiros e perfeitos que emolduravam seu rosto. E sua expressão, que indicava uma tristeza profunda.

— Você está prestes a conseguir tudo o que quer — disse ele, observando a irmã.

Ela não deixou nada transparecer.

— Aham — disse Hazel, mas era óbvio que não concordava.

— Amanhã, vai poder voltar a ser perfeita e eles vão te perdoar rapidinho — acrescentou o irmão.

Já ele voltaria a ser malvado e não receberia reconhecimento algum por ter sido gentil com a família durante a semana.

— É, você tem razão — respondeu ela, se sentando ao lado da cama de Alec, no chão de carpete.

Hazel começou a puxar uma sujeira do tapete, e Alec se perguntou se era aquilo mesmo que ela queria: voltar a ser a filha comportada.

Ficou surpreso ao perceber que, mesmo que não fosse o desejo da irmã, era o que *ele* queria. Alec queria que tudo voltasse a ser como antes. Toda aquela história de Planos e Contraplanos era exaustiva. Alec achou que conseguiria ser pior do que a irmã e manter sua posição de filho malcriado, e talvez ainda conseguisse. Mas a troco de quê? Se manter exilado em sua ilhazinha?

Não tinha sido legal passar um tempo com Hazel?

Ela ficou de pé e se dirigiu até a porta do banheiro, evitando olhar para Alec.

Antes que se desse conta, as palavras saíram da boca dele:

— Feliz aniversário.

Hazel se virou para o irmão.

E sorriu. Parecia um sorriso verdadeiro. Pelo menos, era no que Alec queria acreditar. Aquela manhã estava sendo muito confusa.

A festa foi um evento meio caótico, como nos anos anteriores. Crianças subindo em cadeiras para esfregar balões no cabelo umas das outras e gerar estática. Pais gritando: "Cadê o Jimmy? Alguém viu o Jimmy?" Funcionários da Freddy Fazbear's limpando com agilidade o refrigerante de laranja derramado e atendendo pedidos de mais molho para as batatinhas.

Em meio à confusão, Alec viu algumas crianças convidadas para a festa perambulando pela pizzaria acompanhadas por um Freddy Solitário. Seria fofo se não fosse assustador ver aquele urso nem tão alto, nem tão baixo seguindo seu "novo amigo", ouvindo tudo e esperando deixas para realizar seus comportamentos autônomos. E o comentário de tia Gigi no dia anterior tinha sido honesto demais para o gosto de Alec, mas durante a festa o garoto pôde ver a verdade nua e crua: as crianças que eram brutas demais nas brincadeiras, que franziam o nariz e faziam cara feia eram as únicas acompanhadas por ursos.

Hazel não era a mesma menina de ouro dos outros anos, mas se parecia com a sua versão anterior. Educada, agradecia aos amigos por terem trazido presentes e fingia surpresa. Ajudou a mãe a distribuir o bolo para os convidados e deu um pedaço para o pai e outro para a mãe antes de se servir. Passou mais ou menos o mesmo tempo com cada amiguinho, para ninguém se sentir excluído, enquanto as crianças pulavam de fliperama em fliperama.

Alec ficou sentado num canto, cumprindo o papel de irmão adolescente de cara fechada. Merecia até um Freddy Solitário para chamar de seu.

Numa reviravolta esquisita, seus pais pareciam aliviados de ver tudo voltando ao normal imperfeito. Nos anos anteriores, pediram para que ele fosse brincar com a irmã, incentivaram o garoto a sorrir, convocaram o filho para ajudar a carregar os presentes até o carro. Mas, naquele momento, pareciam contentes em deixar Alec ficar largado numa cadeira, observando os convidados com desprezo.

— Acho que a festa deu certo, né? — perguntou o pai para a esposa e a cunhada.

— Alguém avisou aos funcionários que a Charlotte não pode comer chocolate? — perguntou a mãe de Alec, preocupada. — Vou falar com eles de novo.

— Está tudo ótimo — afirmou tia Gigi, olhando de soslaio para Alec.

O garoto deu de ombros.

Estava tudo ótimo mesmo. A irmã voltara a exibir o comportamento que os pais reconheciam. Além disso, só faltava uma hora para a festa terminar e ninguém tinha se machucado ou passado mal. Tudo nos conformes.

Mas não era um sucesso para ele. Alec ainda não havia conseguido usar o ás que tinha na manga, porque Hazel se recusava a seguir o combinado.

Ela fez de tudo: jogou nos fliperamas, enfrentou zumbis no campo de batalha virtual, acertou milhares de cestas no minibasquete, assistiu a duas apresentações da banda de Freddy Fazbear... Mas, toda vez que a funcionária aparecia no salão e chamava a garota para entrar no Túnel de Vento e tentar ganhar o prêmio, Hazel inventava uma desculpa.

Ela olhava para Alec, como se estivessem num impasse, e dizia à mulher:

— Não sei se quero brincar no túnel.

— Mas, querida, você passou semanas falando que queria tentar ganhar o Yarg Foxy — argumentava a mãe.

Mesmo assim, Hazel dispensava a funcionária e corria para brincar com os amiguinhos.

— Talvez ela não queira mais o brinquedo — opinou tia Gigi, dando de ombros. — Crianças mudam de ideia o tempo todo.

Mas Alec tinha se preparado... Chegara perto do túnel quando ninguém estava olhando e vasculhara os baldes cheios de cupons, tíquetes e confetes — que grudavam nele como teias de aranha — até enfim achar o único bilhete que dava direito ao Yarg Foxy. Guardara o papelzinho no bolso e continuara de cara feia para ninguém perceber.

Mas se Hazel não brincasse no Túnel de Vento, aquilo não serviria de nada.

Alec se deu conta de que, para expor a irmã como a garota mimada que era, precisaria assumir um papel mais ativo.

— Talvez ela esteja com medo de se decepcionar — comentou o garoto.

A mãe achou a ideia bem sensata e sugeriu:

— Alec, vocês dois andam se dando tão bem ultimamente... Por que não tenta convencer a Hazel? Estou com medo de ela não ir no Túnel de Vento e depois se arrepender.

— Claro, mãe — concordou Alec, exagerando um pouquinho na pose de bom moço, mas foi o suficiente para enganá-la.

A mãe assentiu, e ele se levantou para buscar a irmã.

Alec a encontrou perto da máquina de acertar toupeiras com um martelo.

— Ei, Hazel, posso falar com você? — pediu ele, com um sorrisinho, puxando a menina pelo cotovelo enquanto os amigos se distraíam com a brincadeira.

Foram de novo para o corredor entre o palco e os fliperamas. Porém, dessa vez não havia um urso encarando a cena com olhos sem vida. Tanto a plataforma quanto o animatrônico tinham sido removidos, deixando apenas uma marca no carpete.

— O que está rolando? — quis saber Alec, após se certificar de que não havia ninguém por perto.

Hazel teve a coragem de perguntar:

— Como assim?

E se desvencilhou do irmão, acenando para os amigos.

— Você voltou a ser a Hazel perfeitinha. A mamãe e o papai perceberam — disse Alec, esperando que ela mordesse a isca.

— E daí? Eles estão felizes. Tudo voltou ao normal.

Ela parecia brava com ele, e Alec cogitou a possibilidade de Hazel ter descoberto seu plano de expor a criança mimada que ela era.

Por isso, o garoto forçou um pouquinho a barra ao dizer:

— Sabe, a festa já está quase no fim. Você vai voltar para casa sem aquele brinquedo idiota se não entrar no Túnel de Vento.

Ela deu de ombros, olhando para baixo. Suas sardas quase sumiram com o rubor.

— Talvez eu não precise mais do brinquedo — respondeu ela.

— Claro que precisa! — insistiu Alec, dando vazão à raiva. Ela estava claramente tentando enlouquecer o irmão. — Você não vai conseguir tudo que quer para sempre. Quando ficar mais velha, vai deixar de ser tão preciosa assim, e aí quem é que vai gostar de você?

Nos dez anos de vida de Hazel, tirando os meses como bebê, Alec nunca vira a irmã chorar. No máximo, fez uma birra ou outra quanto era bem pequena, mas ele sempre ia para outro lugar até o drama passar.

Porém, naquele momento, por razões que o garoto nem sequer conseguia começar a compreender, os olhos verde-claros dela se encheram de lágrimas. Ela não permitiu que escorressem pelo rosto, mas dava para ver que isso exigia um esforço monumental.

— Tá — retrucou Hazel.

A menina passou pelo irmão, empurrando-o com o ombro, atravessou o fliperama lotado de amigos e seguiu até o salão de festa, onde abriu um sorriso rápido para a mãe, o pai e a tia antes de dizer que queria ir no Túnel de Vento.

— Ah... Ah, sim! Ótimo! — exclamou a mãe.

Estava surpresa com o pouco entusiasmo da filha, mas agiu rápido. Gritou para os funcionários da Freddy Fazbear's, como se eles fossem seus criados:

— Hazel está pronta para o Túnel de Vento!

Dois funcionários prepararam o túnel jogando os baldes de tíquetes, cupons e confetes no topo do cilindro antes de apertar um botão. Uma luz estroboscópica se acendeu, tão forte que dava um pouco de enjoo se fosse encarada por tempo demais.

Quando apertaram outro botão, o vento dentro do túnel foi ativado, fazendo a infinidade de pedacinhos de papel e plástico voar e se misturar com os cupons num frenesi atordoante.

Desligaram a máquina outra vez e, sem muita cerimônia, puxaram Hazel pelo pulso para que ela passasse pela portinhola e entrasse no brinquedo. As luzes estroboscópicas foram reativadas e, como mariposas atraídas por uma lâmpada acesa, as outras crianças voltaram para o salão de festas para ver a aniversariante no meio do tornado de prêmios em potencial.

— Hazel. Você. Está. Pronta? — perguntou um dos animadores bem alto.

A garota assentiu. Alec escondeu a admiração ao ver a irmã ser envolta pelo redemoinho. Seus cachos dourados se agitaram na frente do rosto, e por um momento ela sumiu no meio do caos.

— Pegue os tíquetes! — gritavam os amiguinhos de Hazel.

— Isso! O cupom do Yarg Foxy! Está aí dentro, lindinha, você consegue! — berrava a mãe, pulando.

Mas Alec sabia de algo que mais ninguém suspeitava. Tocou no bolso da calça jeans, onde o único cupom para ganhar o Yarg Foxy jazia amassado.

Hazel nem reagiu aos gritos. Balançou as mãos aleatoriamente, fazendo um esforço mínimo para tentar pegar qualquer papel que passasse voando por seus dedos.

— Ela está bem? — perguntou o pai, semicerrando os olhos para enxergar melhor o caos dentro do dispositivo. — Não acham que ela vai vomitar, acham?

— Ai, caramba, seria uma nojeira só — comentou tia Gigi.

Alec precisou reprimir uma risada.

—Vamos, Hazel! — gritou o garoto acima da barulheira, fingindo estar torcendo junto com os outros convidados. — Pega o cupom! A raposa já é sua!

Mas não adiantou. Ou ela não conseguia ouvir, ou não estava nem aí.

Quando o cronômetro do Túnel de Vento chegou ao zero, os funcionários da Freddy Fazbear's desligaram a máquina e o redemoinho dentro do tubo cessou.

— Certo, garotada! — gritou um dos funcionários ao microfone. —Vamos ver o que a aniversariante ganhou!

Convidados se empurraram para ver melhor o cilindro, e Hazel passou desviando das mãos ansiosas que a tateavam, como se os tíquetes fossem dinheiro de verdade.

— E aí, Hannah, o que você ganhou no Túnel? — perguntou o funcionário.

— É Hazel — corrigiu tia Gigi.

—Venha aqui! Vamos ver! — exclamou o funcionário, ignorando tia Gigi.

O rapaz se aproximou da aniversariante de forma dramática, e ela o encarava com uma expressão cautelosa. A menina entregou a ele todos os papeizinhos que agarrara, ainda que relutante. Ele analisou um por um enquanto anunciava os prêmios como se Hazel tivesse ganhado na loteria.

— Um refrigerante grátis! Uma rodada bônus na máquina de basquete! Um... quer dizer, *dois* copos promocionais com personagens da turminha do Freddy Fazbear!

Quando o funcionário chegou ao final da lista de prêmios, a mãe começou a ficar inquieta.

— Ela não conseguiu a raposa — disse a mãe para o marido, preocupada.

— Relaxe, Meg. Ela nem queria mais o boneco.

— Queria, sim, Ian. Ela só está tentando mostrar que já é uma menina crescida.

— Bom, Hannah, você ganhou um monte de coisa legal! — exclamou o funcionário, após enumerar todos os prêmios.

— É Hazel! — corrigiu tia Gigi de novo.

Dessa vez, o rapaz olhou para ela com cara feia.

— *Hazel* — repetiu ele, abrindo um sorriso exagerado para tia Gigi, que respondeu com seu sorriso mais falso.

— Espera aí! — gritou Charlotte, a menina que era alérgica a chocolate. — Tem uma coisa no cabelo dela!

Todos os convidados se viraram na direção de Hazel. De fato, havia algo preso em seus cachos dourados: um tíquete brilhante que parecia diferente de todos os outros que ela havia capturado no túnel.

Alec reconheceu o papelzinho imediatamente.

— É o Yarg Foxy! É o Yarg Foxy! — berrou Charlotte.

Não é possível, pensou Alec, sentindo a raiva borbulhar e se revirar no estômago, pronto para entrar em erupção a qualquer segundo.

Então ele lembrou que, antes do Túnel de Vento ser ligado, ainda havia alguns papéis da rodada anterior. Naquela pequena pilha de confetes brilhantes e tíquetes, devia ter sobrado um cupom para ganhar o Yarg Foxy, pronto para ser lançado no ar quando o vento fosse ligado outra vez.

Alec teve certeza de que foi sem querer, mas o rosto de Hazel se transformou por completo. Durou apenas uma fração de segundo, mas ele estava observando na hora certa. E, por um breve instante, viu o alívio da menina por ter ganhado o prêmio que jurou que não queria quando chegou a hora de entrar no túnel.

E, assim, ninguém veria a birra épica da menina de ouro, que tinha tudo, mas não havia conseguido a raposinha.

— É isso mesmo, garotada! Hazel ganhou um Yarg Foxy só para ela! — berrou o funcionário, e as crianças deram gritinhos de alegria.

Todas seguiram o funcionário até o balcão com os prêmios e o cercaram enquanto ele pegava a caixa com o Yarg Foxy da prateleira mais alta. Ele entregou o brinquedo para Hazel como se ela tivesse acabado de ser coroada rainha.

— Que alívio! — exclamou a mãe, suspirando e se largando numa cadeira.

Alec a encarou como se uma segunda cabeça tivesse brotado de seu corpo. Alívio?

— Só pode ser piada — soltou o garoto.

A mãe fez uma cara feia para ele.

— Como ousa dizer isso? Você sabe que sua irmã queria muito aquele brinquedo.

— Por acaso parece que ela quer? — insistiu Alec, furioso por Hazel ter conseguido esconder o fato de que *ela* era a filha mimada.

Alec observou a irmã tirar a pelúcia da caixa, sorrindo como se aquele fosse um tesouro havia muito perdido.

— Quero ver, quero ver! — imploravam os amigos, mas Hazel abriu um sorriso tímido e negou com a cabeça.

— Ei, querida, por que não quer brincar com seu bichinho novo? — perguntou o pai.

Ela apenas balançou a cabeça outra vez.

Foi só quando os amigos perderam o interesse e voltaram a brincar nos fliperamas que a mãe puxou Hazel de lado.

— O que foi, querida? Não quer a raposa? — indagou ela.

Alec chegou ao limite e gritou:

— Claro que não! Mesmo quando consegue tudo o que quer, ela nunca está satisfeita. Ah, como é triste a Hazelzinha não querer mais a raposa! — zombou o irmão, revirando os olhos.

Ninguém prestou atenção nele.

Hazel pediu para ficar sozinha por um tempo, então sumiu por uns dez minutos.

— Eu falei que ela estava com cara de quem ia vomitar — falou o pai. — Vou atrás dela.

No entanto, enquanto ele se dirigia para a porta dos fundos, Hazel retornou abraçando o Yarg Foxy, como se de repente fosse algo muito importante para ela.

— Hazel, querida, está tudo bem? — perguntou a mãe, passando a mão nos cachos da menina.

Hazel não parecia mais tão carrancuda ou distraída. Nem enjoada, como imaginava o pai. Ela se inclinou na direção da mãe e sussurrou algo que quase fez a mulher derreter de fofura no chão da Freddy Fazbear's.

Em seguida, a mãe falou algo inesperado.

— Alec, venha aqui, meu bem — chamou ela.

O garoto a fitou com desconfiança. Assim como o pai e tia Gigi.

— Vem logo — insistiu a mãe, revirando os olhos, mas sem perder o sorriso.

Alec se aproximou da irmã com cautela. Tinha a impressão de estar caindo numa armadilha.

— Pronto, Hazel. Fale para ele o que me falou — instruiu a mãe.

Hazel estava morrendo de vergonha, com o rosto enfiado na raposa de pelúcia.

— Ah, olha só pra você. Tímida como sempre. Certo, vou dar privacidade para vocês dois — disse a mãe, antes de se afastar.

Alec se sentia prestes a explodir.

— O que você está fazendo? — murmurou ele, entredentes.

Tinha chegado tão perto de derrotar a irmã no joguinho dela.

Não, no joguinho *dele*. *Ele* era o melhor naquilo.

— Nada — respondeu Hazel. — Não quero mais fazer isso.

— Fazer o quê? — perguntou Alec, nervoso.

Olhou para os pais, mas eles não pareciam estar ouvindo.

— Não quero mais fingir que sou má. Só fiz aquilo para você gostar de mim.

Alec ficou sem palavras.

— Hein?

— Toma — disse ela, empurrando o Yarg Foxy para o irmão. — É para você.

— Ah, querido, olhe! — exclamou a mãe.

O pai a cutucou para que fingissem não estar testemunhando a cena. Ainda assim, a tia e eles continuaram observando tudo.

— Não é possível — falou Alec.

— Eu só queria ganhar para poder dar a raposa para você — explicou ela.

— E o que eu vou fazer com um bicho de pelúcia idiota? — disparou o irmão, ríspido.

Aquilo era surreal. Como ela tinha conseguido superá-lo daquele jeito?

— Queria que você parasse de me odiar. Só aceita, pode ser? — insistiu ela, empurrando a raposa nos braços do irmão.

Nada estava dando certo. Era para Hazel ter ficado sem a raposa, depois dado o chilique épico que Alec sabia que vinha se formando dentro dela a semana inteira. Aí, quando os pais e os amigos vissem que a irmã não passava de uma garotinha mimada, a vida seria como o garoto gostaria que fosse: ele estaria livre para agir em relativa obscuridade, sem ser comparado constantemente à bondade da menina de ouro.

Mas ela havia conseguido a raposa, e pior: queria dar o bichinho de pelúcia para ele! Num ato digno de santidade, estava dando seu bem mais precioso ao irmão. Tinha ganhado o brinquedo *para ele*. Porque sabia o quanto *ele* queria.

Era um xeque-mate.

— Não! — exclamou Alec, empurrando a raposa. — Não quero.

— Alec! Isso é jeito de tratar sua irmã? Ela está dando o *presente de aniversário dela* para você! — brigou a mãe.

— Ela é uma impostora! Vocês não enxergam? É só uma menina mimada, fresca e mentirosa! Como é possível não perceberem isso? — acusou Alec.

Ele estava soltando os cachorros. Era a única coisa impedindo sua mente de explodir naquele momento. Pela forma como a mãe o encarava, soube que devia estar parecendo um maníaco.

— Quer que eu fique com a raposa? — perguntou ele, sarcástico. — Então tá. Vou ficar com a raposa.

Ele puxou a pelúcia das mãos da irmã com tanta força que rasgou o bracinho, fazendo tufos de enchimento flutuarem pelo ar.

A mãe soltou um grito involuntário.

— Meg, se acalme — disse tia Gigi, pousando a mão no ombro da irmã. — Você só está piorando a situação.

— Alec... — começou o pai, tentando amenizar os ânimos.

— Qual é, amigão? Não faça isso hoje.

— Entendi, porque já era de se esperar que o Alec fosse arruinar a festa. O Alec sempre estraga a diversão da pobre Hazel — debochou o garoto, fulminando a família com o olhar.

Todos o encaravam com horror.

Exceto Hazel, é claro. A irmã simplesmente ficou parada ali, com os braços caídos, olhando para o irmão.

E lá estavam elas outra vez. Lágrimas.

Hazel as reprimira mais cedo. Tinha guardado todas para aquele momento, quando tinha a plateia perfeita. Foi quando escolheu abrir a torneirinha. Mesmo assim, só deixou algumas caírem.

— Não aguento mais! — berrou Alec.

Inflamado, ele fugiu da cena de seu pior crime. Tinha arruinado a festa, como todos imaginavam que aconteceria. Tinha feito de tudo para vencer a irmã. Mesmo assim, ele havia perdido.

E, como se não bastasse, ela o fizera acreditar — por um breve momento — que era realmente tão boazinha quanto fingia ser. E que queria ser amiga dele.

Atravessando a pizzaria a passos largos, Alec passou por funcionários confusos, pela multidão de amigos da irmã e por um ou outro Freddy Solitário. Não prestou atenção em nada. Passou inclusive por Charlotte, que estava prestes a vomitar porque tinham ignorado os avisos e deixado a garota comer chocolate.

Alec só parou de correr depois de ter atravessado pelo menos três portas e deixado de escutar a cacofonia de crianças, jogos, alarmes e cantorias. Quando deu por si, estava no meio de um labirinto de salas nos bastidores da Pizzaria Familiar Freddy Fazbear's.

Diminuiu o ritmo para tentar recuperar o fôlego, mas só quando parou completamente entendeu por que não conseguia soltar o ar. Estava inspirando muito rápido.

Porque estava aos prantos, soluçando feito uma criancinha. Feito um garotinho mimado.

Alec se recostou na parede e lançou o copo contra a superfície com força, várias vezes, mantendo o queixo rente ao peito para os ombros absorverem todo o impacto.

— Não é culpa minha. Não é culpa minha — repetiu sem parar.

Porém, quanto mais ouvia aquelas palavras, mais percebia que eram mentira. A culpa era toda dele. Alec havia arruinado a festa, magoado Hazel e desperdiçado seus quinze anos de vida porque acreditava que todos estavam contra ele. O garoto fechou os olhos, ainda batendo as costas na parede. Não conseguia parar de pensar nos olhos marejados de Hazel, na testa franzida da mãe, no pai balançando a cabeça, decepcionado.

Uma hora, ele cansou de se machucar. Só então percebeu que a parede na verdade era uma porta. E que o que pensava serem os sons de sua crise na verdade eram estrondos vindos do outro lado da madeira.

Primeiro, Alec encostou a cabeça na porta para ouvir melhor. Depois, olhou para os dois lados do corredor, garantindo que não havia ninguém por perto, e se esgueirou para dentro do cômodo.

O interruptor ficava longe da porta, à direita. Ele precisou dar vários passos no escuro até encontrá-lo, tateando a parede depois que a porta se fechou com um baque.

Quando enfim conseguiu acender a luz, viu que estava numa espécie de depósito. Em vez de guardanapos e copinhos de papel, ele se deparou com um espaço atulhado de brinquedos abandonados. A parede dos fundos estava toda ocupada por fliperamas aposentados, que Alec se lembrava de terem sido populares uns dez anos antes. Apoiadas num canto, havia um monte de mesas de lanchonete com cadeiras circulares fixas, que faziam a montagem parecer um dominó. A parede mais próxima tinha uma série de prateleiras de metal, cheias de brinquedos quebrados ou obsoletos que deviam ter feito parte da coleção de prêmios. Agora, pareciam os bichinhos tristes esquecidos debaixo da cama de crianças.

Alec se sentou no banco de uma das mesas de lanchonete que tinha saído do lugar e não estava mais apoiada na parede.

Seu nariz escorria por causa do surto no corredor. Quando ergueu a mão para limpar o rosto, sentiu o toque da pelúcia no nariz e percebeu que ainda estava segurando a raposinha.

Fora o braço rasgado, pendurado por apenas alguns fios, o brinquedo estava novinho em folha, como prometiam à criança que tivesse a sorte de pegar aquele cupom idiota.

—Você não devia nem *estar* aqui — reclamou o garoto para a raposa, mas não conseguiu imprimir intensidade às palavras.

Toda a raiva havia ido embora. Não conseguia sentir nada além de vergonha por seu plano ter fracassado de forma tão imensa.

As palavras de Hazel ecoavam em seus ouvidos: *Queria que você parasse de me odiar.*

Não era possível. Não era possível que aquele fosse o plano da irmã o tempo todo: ganhar um brinquedo que ele nunca conseguiria sozinho, porque crianças boas ganhavam dez mil tíquetes de prêmio enquanto as más eram acompanhadas por um urso que fingia ser seu amigo.

Alec apoiou a cabeça nas mãos, tentando silenciar a mente. Mas lembranças de sua irmã ricocheteavam ali dentro, se chocando contra o crânio como a bolinha de uma máquina de pinball.

Os desenhos que ela fazia para ele e passava por baixo da porta do banheiro.

As piadas bobas que ele contava e das quais só ela ria.

A última fatia de torta de abóbora no Dia de Ação de Graças, que ela nunca comia porque sabia que era o doce favorito dele.

E todos os momentos da última semana, enquanto Alec acreditava que a irmã estava apenas tentando enganá-lo, ser a mais astuta dos dois. Momentos em que a pegava olhando para ele, sem conseguir desvendar no que a irmã estava pensando. Alec sempre achava que a caçula devia estar tramando alguma coisa — mas e se ela estivesse só olhando para ele? E se estivesse só esperando que o irmão a olhasse de volta?

E se estivesse desejando que ele cumprisse seu papel de irmão mais velho?

Alec se sentia incapaz de formar um pensamento coerente.

Parecia impossível que tivesse entendido tudo ao contrário: a atenção que os pais derramavam sobre ela e negavam a ele; o título de criança problemática que ele tinha dado a si mesmo, embora tivesse certeza de que recebera dos pais; os dias, meses e anos que passara lamentando o próprio isolamento. E se, durante tanto tempo, todos só quisessem que ele fizesse parte da família?

O garoto pensou no que Hazel lhe dissera dias antes. Ela estava chateada por um motivo que Alec não identificou na hora.

Aposto que você nem sabe que a gente se mudou para cá por sua causa.

Ela estava tentando contar a verdade para o irmão, fazê-lo entender.

Queria que você parasse de me odiar.

Alec ia surtar. Apertou a raposa pirata, tentando extrair a vida que o bicho sequer tinha, antes de jogar a pelúcia com todas as forças na estante. Acabou acertando um balde cheio de brinquedos velhos e indesejados, que caíram no chão imundo soltando ruídos abafados e apitinhos, junto com o Yarg Foxy novinho em folha.

— Ótimo — disse Alec, sarcástico. — Maravilha.

Não bastava ter arruinado a festa e magoado Hazel; também ia se meter em apuros por ter bagunçado o depósito da Freddy Fazbear's.

Ele se espremeu atrás da prateleira e começou a recolher os brinquedos, jogando todos de volta no balde e tentando encontrar a raposa. Depois de tudo que havia feito, perder o presente que recebera de Hazel não era uma opção. Não se quisesse ter uma chance de consertar as coisas.

Mas encontrar o Yarg Foxy se provou complicado. Havia patinhos de borracha, cobras de plástico e marionetes de feltro, mas nenhum sinal da raposa de perna de pau com o bracinho tragicamente rasgado.

— Qual é! — reclamou Alec, exasperado e exausto.

Só queria que aquele dia horrível chegasse ao fim.

O garoto estava tão perdido no mar de brinquedos que se esqueceu dos barulhos esquisitos que tinha ouvido através da porta. Não escutara mais nada depois de entrar no depósito, mas então as batidas rítmicas voltaram, ecoando de uma parte do cômodo que ele não conseguia enxergar. Porém, ao se aproximar da parte de trás da estante, Alec percebeu que o ruído vinha de algum lugar próximo.

Ele fitou o canto do depósito, uma área perto da última estante enfileirada rente à parede. Ali, nas sombras, havia uma grande lixeira de plástico verde. A tampa tinha sido trancada por um cadeado.

Alec deu passos lentos naquela direção, torcendo com todas as forças para que o barulho não estivesse vindo lá de dentro.

Quando parou ao lado da lixeira, o ruído cessou por alguns segundos. Alec ficou aliviado ao constatar que havia se enganado. As batidas só podiam estar vindo do cômodo vizinho, que compartilhava a parede na qual a lixeira estava apoiada.

Mas no instante em que o garoto enfiou os dedos embaixo da tampa para espiar pela fresta que o cadeado permitia abrir, a lixeira chacoalhou e fez barulho. Ele recuou aos tropeços, se afastando o máximo que pôde.

Seu coração batia tão forte que Alec achou que fosse explodir. Mas nada se esgueirou pela fresta na tampa. Depois de alguns segundos, sua pulsação começou a voltar ao normal.

Ratos. Só podiam ser ratos, ou alguma outra praga.

— Ainda bem que não comi a pizza — sussurrou, sentindo o estômago se revirar.

Tinha caído apoiado sobre os cotovelos, no vão entre a parede e a última estante, atrás de um monte de coisas esquecidas.

E, no meio do que parecia o picadeiro colorido de um circo, avistou um Freddy Solitário igualzinho ao que tinha encontrado outro dia enquanto discutia com Hazel.

—Você de novo — disse o garoto. — Está de castigo ou coisa assim?

Mas imediatamente ficou tenso com a ideia do animatrônico perturbador se comportando mal.

Alec observou o brinquedo, parado na plataforma sob o picadeiro. O urso parecia encarar algo atrás dele, então o menino se virou para a lixeira verde. Quando voltou a fitar o Freddy Solitário, tomou um susto ao perceber que os olhos do urso haviam se mexido.

Agora, pareciam encarar Alec.

— Eu estava esperando por você, amigo — anunciou o animatrônico.

— Hum... Que ótimo — respondeu Alec.

Deveria ter sido o fim da conversa, mas, para sua surpresa, o Freddy Solitário continuou:

— Nós deveríamos ser melhores amigos.

— Oi? — indagou Alec, analisando o urso com mais atenção.

Era daquele jeito mesmo que o brinquedo funcionava? Alec achava que devia começar fazendo perguntas à criança que fosse acompanhar. Porém, aquele Freddy Solitário estava apenas... falando com ele.

— Melhores amigos para sempre — insistiu o urso.

— Tá — concordou Alec, tentando ignorar o calafrio.

É só um bicho de pelúcia, disse a si mesmo. *É só um brinquedo idiota.*

Porém, por mais que tentasse, Alec não conseguia se levantar nem parar de encarar o urso, que o olhava fixamente.

Ainda sentado, Alec prestou atenção nos olhos do Freddy Solitário. Eram sempre azuis daquele jeito? Pareciam cintilar, mas aquilo seria loucura.

O urso começou a fazer perguntas.

— Qual é sua cor favorita?

— Minha cor favorita? — repetiu Alec, como se não estivesse mais no controle da própria voz. — Verde.

O urso partiu direto para a próxima pergunta. Não deveria compartilhar informações sobre si também?

— De qual comida você mais gosta?

— Lasanha — respondeu Alec imediatamente.

— O que quer ser quando crescer?

— Um skatista profissional.

— Qual é sua matéria preferida na escola?

— História.

Ficaram naquilo durante o que pareciam horas, mas não podia ter se passado tanto tempo assim. Alec não conseguia mais sentir o chão sob seu corpo, e tinha perdido a sensibilidade nos dedos. Era como se estivesse flutuando, como se cada pergunta chegasse até ele vinda da extremidade de um túnel comprido.

De repente, as perguntas do urso assumiram um tom mais sinistro.

— Quem você mais admira?

— Minha tia Gigi.

— E do que mais tem medo?

— Do escuro.

— O que faria se alguém te pedisse para machucar alguém que ama?

Alec sentia como se o urso estivesse tocando sua alma com a patinha macia e peluda, extraindo sem qualquer esforço as respostas que o garoto mantinha escondidas.

Seus olhos azuis eram profundos como uma fossa oceânica.

— Qual é seu maior arrependimento?

Alec hesitou. Não queria responder, ou talvez simplesmente não soubesse a resposta.

— Qual é seu maior arrependimento? — insistiu o urso.

Alec continuou em dúvida. Sentiu um puxão doloroso, como se algo estivesse sendo extraído de seu cerne.

— Qual é seu maior arrependimento... Alec?

A pressão no peito crescia. O garoto mal conseguia respirar. A resposta escapou por entre seus dentes cerrados:

— Ter magoado a Hazel.

A pressão amenizou. Aos poucos, Alec sentiu as extremidades se aquecendo e espalhando calor de fora para dentro. Porém, quando seu corpo voltou à vida, parecia ter sofrido uma transformação visceral.

O garoto encarou intensamente os olhos azuis que penetravam sua alma. Procurou respostas ali, mas só conseguiu pensar em mais perguntas — porque os olhos do urso ficaram verdes de repente.

O que está acontecendo?, ele tentou perguntar ao brinquedo. De repente, o urso era o único com as respostas. Mas Alec não conseguia abrir a boca.

Ficou observando o animatrônico, que retribuía seu olhar.

Alec sentiu uma onda de pânico.

Preciso sair daqui, pensou. *Preciso de ar.*

Mas respirar não era o problema. E, sim, se mexer.

O garoto tentou esticar as pernas, mas nada aconteceu. Tentou apoiar as mãos no chão, mas não conseguiu.

Então ouviu vozes; baixinhas a princípio, mas que foram ficando mais altas conforme se aproximavam. Alec as reconheceu na hora, e sua esperança foi renovada.

Mãe! Hazel!, tentou chamar o garoto. Mas, toda vez que começava a gritar, as palavras ficavam presas na garganta.

Ele ouviu a mãe dizer:

— Não se preocupe, querida, a gente vai achar.

O ruído dentro da lixeira gigante soou outra vez. Alec tentou se afastar com todas as forças, mas foi em vão. Era como se seus músculos tivessem congelado.

— Escutou isso? — perguntou Hazel do outro lado da porta.

Sim!, berrou o garoto. *Aqui! Entrem aqui!*

Ele ouviu a porta se abrindo, mas não enxergava nada além da estante à sua frente. Só via o urso, com os olhos verdes fixos nele.

— Não acho que a gente tem autorização para entrar aqui — comentou a mãe de Alec.

Ele nunca se sentira tão aliviado.

— Mãe, olha! — exclamou Hazel.

Alec sentiu o coração saltar no peito. Ele tinha sido encontrado. Não conseguia enxergar as duas, mas talvez elas o tivessem visto.

E se eu estiver tendo uma convulsão?, pensou o garoto.

Não importava. A mãe e a irmã estavam ali para ajudá-lo.

Mas por que não falavam com ele? Por que não deram a volta na estante?

— Ah, viu só? — respondeu a mãe. — Falei que você ia encontrar.

Vocês não me encontraram!, Alec tentou gritar. *Eu estou bem aqui! Bem aqui!*

Os estrondos da lixeira tinham cessado quando a porta se abriu. Justo naquele momento? O barulho não podia voltar agora que as duas estavam ali?

— Ele simplesmente... jogou aqui — disse Hazel, com tanta dor na voz que Alec se sentiu a menor e mais nojenta das baratas.

— Hazel... — começou a mãe, num tom gentil. — Ele te ama. Eu sei que ama. Do jeitinho dele. Assim como a gente ama ele.

Alec sentiu um nó na garganta e entendeu que aquele era o momento. O momento perfeito para dizer que sentia muito, que tinha errado, que percebia tudo que perdeu por se convencer de que estava sendo deixado de fora.

Mas, naquele momento, estava preso do lado *de dentro*.

—Vamos, querida. A festa já vai acabar. Que tal darmos um fim naquele bolo?

— Espera — pediu Hazel.

Por favor, me vejam, implorou Alec. *Me vejam.*

— Ah, não se preocupe com o braço da raposa, querida. Posso costurar quando a gente chegar em casa — falou a mãe.

Foi então que Alec ouviu o pior som de todos: Hazel chorando.

— Ah, lindinha...

— Ele me odeia — choramingou Hazel.

— Não odeia. Ele nunca te odiou — garantiu a mãe.

A questão era que Alec a odiara, *sim*. Era sua pior confissão, tão terrível que o menino nunca a fizera. Mas nem precisava confessar, porque a irmã já sabia.

O que Hazel não sabia — porque o irmão nunca disse a ela — era que Alec não a odiava mais. Seu segredo mais profundo e sombrio era que odiava a si mesmo muito mais do que odiava a irmã.

E tinha gostado mais de si mesmo na última semana do que em todos os anos desde o nascimento de Hazel, graças ao tempo que passara com ela.

—Vamos — chamou a mãe, e Alec a imaginou apertando o ombro de Hazel. — Vai passar. Essas coisas sempre passam. Não vamos deixar isso estragar seu aniversário.

Não. Não! Alec tentou berrar. *Não me deixem aqui! Não consigo me mexer!*

Foi inútil. Por mais alto que a voz soasse dentro de sua cabeça, ele não conseguia fazer as palavras passarem pela garganta.

Sentiu o pânico crescer e começou a se perguntar o que aconteceria se ninguém fosse até lá procurá-lo. Os pais iriam para casa sem ele? Será que sentiriam sua falta?

O menino encarou os olhos verdes do urso e reuniu toda a sua força. Deu tudo o que tinha, e de repente o urso sumiu, encoberto pelas pálpebras de Alec.

Tinha conseguido fechar os olhos.

Ótimo, agora respire. Conte até dez e continue respirando, instruiu a si mesmo.

Inspirou fundo pelo nariz, expirou pela boca e repetiu o exercício dez vezes. Quando chegou à décima expiração, sentiu a ponta dos dedos se mover.

Ficou tão empolgado que abriu os olhos, e tomou um susto quando se viu sozinho atrás da estante.

O urso tinha sumido. A plataforma estava vazia.

Onde...?

Mas não havia tempo para tentar entender. Alec acabara de recuperar o mais ínfimo movimento na ponta dos dedos, e não ia parar por ali. Fechou os olhos de novo e repetiu as respirações, esperando obter o mesmo resultado. Quando chegou ao dez, sentiu um alívio imenso por conseguir mover o dedão do pé.

Repetiu o exercício várias vezes, ensinando o corpo a se mover. Após um tempinho, já conseguia dobrar os joelhos, os cotovelos e até mesmo virar a cabeça.

O barulho na lixeira o assustou de novo, e Alec ficou furioso pelo som só ter voltado quando já era tarde demais para alguém ajudá-lo.

Ah, cala a boca.

Infelizmente, mesmo com os membros cooperando, ainda não conseguia falar nem abrir a boca.

Não é hora de se preocupar com isso, pensou.

As funções motoras foram se recuperando, meio desajeitadas no começo, mas o importante era conseguir ficar de pé. Quando os pais e tia Gigi o vissem, entenderiam que ele precisava de ajuda.

Era só sair daquele depósito.

Precisava contrair todos os músculos do corpo para ficar de pé. Continuou fechando os olhos e respirando, sentindo-se encorajado com as primeiras vitórias: uma perna dobrada, uma perna ajeitada, o corpo equilibrado, a outra perna dobrada. Demorou uma eternidade, mas Alec enfim conseguiu se levantar.

Só que era como se continuasse sentado. A estante parecia muito mais alta do que antes. Na verdade, o cômodo inteiro parecia maior, como se o teto tivesse se erguido.

A princípio, o garoto se mexeu com dificuldade, as pernas mais estremecendo do que se movendo. Precisou se esforçar absurdamente para controlar as passadas. Depois de uma quantidade considerável de tentativas e pausas, Alec por fim encontrou um ritmo adequado para atravessar o cômodo.

No entanto, assim que chegou à porta, percebeu que não conseguia alcançar a maçaneta, que estava uns trinta centímetros acima de sua cabeça. Ficou atordoado.

Como assim?

Repetindo o mesmo processo que tinha feito as pernas funcionarem, Alec fechou os olhos e respirou fundo. Depois de um tempo, conseguiu erguer as mãos e alcançar a maçaneta.

Empurrou a porta depois de forçar a maçaneta para baixo. Quando saiu tropeçando do depósito, Alec precisou confirmar várias vezes que estava no lugar certo.

O corredor parecia muito mais comprido do que antes, quase infinito, e o garoto se sentia minúsculo.

Mas Alec seguiu em frente. Precisava chegar ao salão de festas. Precisava encontrar a família. Eles entenderiam que havia algo errado. Saberiam como ajudar.

No fim do corredor, o garoto se deparou com outra porta fechada, que antes mal tinha sido um obstáculo. Porém, a maçaneta era ainda mais alta que a da porta do depósito. Por mais que ele esticasse os braços, não conseguia alcançar a peça que o permitiria voltar ao restaurante.

Não entre em pânico, falou para si mesmo. *Uma hora ou outra, alguém vai precisar vir para cá.*

Alec esperou muito tempo. Largado contra a parede ao lado da porta, tentou não deixar a mente viajar. Tinha medo de voltar ao transe em que caiu enquanto estava no depósito.

Não havia nada de natural na forma como o urso entrara em sua mente. Alec não sabia o que ou como, mas alguma coisa tinha acontecido com ele. Algo terrível.

Torcia para que não fosse irreversível.

Torcia para que todos os acontecimentos daquele dia fossem reversíveis.

De repente, a porta se escancarou. Alec quase foi esmagado, e precisou saltar pela fresta antes que a porta se fechasse.

Caindo de cara no carpete da Freddy Fazbear's, ouviu mais uma vez os berros agudos das crianças e a musiquinha dos fliperamas.

No segundo em que se chocou com o chão, o ar foi expulso dos seus pulmões.

— GOOOOOOOOOOOOOL! — gritou alguém.

Alec também ouviu risadas, mas foi só o que conseguiu identificar enquanto quicava pelo ar, tentando recuperar o fôlego.

Atingiu o chão com um baque dolorido, dessa vez virado para cima. Encarou as luminárias jateadas acima de cada mesa da pizzaria. Pés corriam ao redor dele, passando perto de sua cabeça. O garoto tentou se encolher quando vários tênis quase o esmagaram.

Por que ninguém está me vendo?, pensou.

No instante seguinte, foi agarrado pelo braço e abraçado com força por alguém usando uma blusa de lã piniquenta.

— Eu vi primeiro! — gritou alguém, e de repente havia outra mão puxando sua perna.

— Não, eu gritei antes que ele era meu! — berrou outra criança.

Caramba, de que tamanho eram aquelas crianças para conseguirem brincar de cabo de guerra com ele?

— Não, eu!

— Eu!

Sua perna estava sendo puxada com tanta força que Alec ficou com medo de que fosse arrancada. Era melhor quando ninguém o via.

No meio da disputa, alguém berrou à distância: "A pizza chegou!", e ele foi jogado de volta no carpete.

Ficou ali, caído de lado, tentando se recuperar, até que a roda de um carrinho de bebê veio na direção de sua cabeça. Alec fechou os olhos, aguardando a morte certa.

— Jacob, pode tirar aquela coisa do caminho, por favor? — pediu o adulto empurrando o carrinho.

Alguém o cutucou com o tênis, arrastando seu corpo até o rodapé.

Aquela coisa?, pensou Alec. Se não estivesse tão confuso e dolorido, ele teria ficado ofendido.

O garoto conseguiu se apoiar na parede e ficar de pé, mas não sabia se seria capaz de atravessar o restaurante com suas pernas bambas.

Mas estava determinado. Precisava voltar ao salão de festas. Tinha que encontrar sua família. Deviam estar procurando por ele àquela altura, certo?

Alec cambaleou pela pizzaria, desviando de pés e poças de refrigerante. Foi salpicado por queijo parmesão e pimenta calabresa que as pessoas acrescentavam à comida. Depois de várias experiências de quase morte, conseguiu atravessar o salão cavernoso repleto de crianças e famílias.

Enfim viu o imenso Túnel de Vento desligado, aguardando o próximo aniversariante depois que a festa de Hazel terminasse.

Avistou sua família: a mãe com o jeans escuro, o pai com a calça de veludo confortável e a camisa de flanela, a tia Gigi com o cabelo preso pelo arco.

E viu Hazel, com seus cachinhos dourados cascateando em volta do rosto, emoldurando seu sorriso brilhante. Os amigos estavam sentados nas cadeiras, esfregando as barrigas cheias e fuçando os saquinhos com as lembrancinhas enquanto esperavam os pais virem buscá-los.

Todos pareciam muito felizes. O sorriso de Hazel era radiante, como se uma luz houvesse sido acesa dentro dela. Parecia livre do fardo que Alec colocara sobre seus ombros ao se comportar como... ele mesmo. Mas o garoto não queria mais ser assim. Queria fazer a irmã sorrir com mais frequência. Estava pronto.

Só que, de repente, Alec percebeu que *já era* a razão daquele sorriso radiante.

Pois, sentado à mesa, diante da irmã e dos pais, estava... Alec.

Usando a mesma camiseta amassada que havia vestido pela manhã, a mesma calça jeans. Com as madeixas douradas bagunçadas que eram o oposto dos cachos perfeitos de Hazel. Com os olhos verde-claros, os dentes ligeiramente tortos e os membros compridos.

E ele retribuía o sorriso de Hazel.

Ei, chamou Alec, a voz dentro de sua mente baixa a princípio, mas aos poucos virando um grito. *Ei! Esse não sou eu! Não sou eu!*

Mas ninguém acreditaria nisso ao ver o garoto diante da aniversariante. Era igual a ele nos mínimos detalhes. Talvez Alec pudesse argumentar que o farsante não era carrancudo como o Alec que as pessoas conheciam, que não estava fulminando a irmã com o olhar como de costume.

Mas ele passara a semana inteira fazendo um esforço para virar a página. Os pais estavam testando aquele método novo, criado por um médico conceituado, autor de um livro que vendera milhares de exemplares. A verdade era que algumas crianças só demoravam um pouco mais para descobrir quem eram.

E não era maravilhoso que Alec enfim tivesse conseguido se encontrar? E no aniversário da irmãzinha, ainda por cima? Que fofo.

Seriam uma família perfeita dali em diante.

Alec forçou as pernas endurecidas a se movimentarem e cambaleou para dentro do salão de festas. Porém, depois que entrou no recinto, mal conseguia enxergar o que acontecia acima das mesas. Pensou em tentar subir pela perna de um dos móveis, mas era lisa demais.

Ele foi de criança em criança, tentando de tudo para chamar a atenção de uma delas. Precisava subir em uma das mesas. Precisava olhar nos olhos da mãe. Ela reconheceria o filho, certo? Claro que sim!

Olhem para baixo! Alguém, por favor!, gritava o garoto em sua mente.

Porém, assim como antes, sua garganta embarreirava os apelos.

Não parecia um pesadelo. Na verdade, era a coisa mais real que já acontecera em todos os seus quinze anos de vida.

Alec viu Charlotte sentada no canto, apertando a barriga. Era a única criança que não conversava com ninguém. Era a melhor chance que ele teria.

Mas quando Alec começou a agitar os braços para chamar sua atenção, a menina se virou de repente e vomitou bem em cima dele. O líquido quente cobriu seus olhos e escorreu por seu rosto.

— Ah, não! Charlotte, querida, você ainda está passando mal?

Alec mal conseguia enxergar através do vômito que cobria seus olhos, mas ficou aliviado ao ouvir a voz da mãe. Logo, logo, aquele dia insano chegaria ao fim.

— Ah, que nojo! — gritou alguém. Com horror, percebeu que foi a própria irmã. — Ela vomitou num dos ursos!

Espera... Como assim?

— Não tem problema, vou chamar um dos funcionários para limpar — disse o pai de Alec.

— Aqui, deixa eu ajudar — falou tia Gigi.

Alec viu de canto de olho sua tia maravilhosa correr na direção dele.

Obrigado, choramingou ele. Gigi saberia o que fazer.

Mas, em vez de ajudá-lo, a tia pegou Charlotte no colo e a sentou num banco perto de Hazel e do Alec falso, que passou uns guardanapos para que a menina pudesse se limpar.

— Beba uma água — sugeriu Hazel, oferecendo um copo para ela.

— Aqui, seu cabelo sujou um pouquinho — disse o Alec falso.

Então ele se virou para o Alec de verdade. Seus olhos... seus olhos verdes roubados em seu corpo roubado... encararam Alec enquanto ele jazia no canto do salão, coberto por vômito, vendo a família inteira acolher o usurpador.

O Alec falso sorriu.

O Alec de verdade ouviu o pai dizer, do lado de fora do salão:

— Isso, bem ali. Mil desculpas. Acho que a gente estragou um dos ursos.

Na mesma hora, um funcionário da Freddy Fazbear's surgiu com um balde e um esfregão.

— Sem problema, senhor — retrucou ele. — A gente vai limpar a bagunça. Continuem aproveitando a festa.

E, com isso, Alec foi jogado no balde, com os olhos ainda embaçados — mas conseguiu enxergar o Alec falso lhe lançando uma piscadela, antes de voltar a atenção para Hazel, aos risos enquanto aproveitava a companhia da família.

Dentro do balde, Alec foi levado de volta para os fundos da pizzaria. As portas que tivera tanta dificuldade de atravessar foram abertas e fechadas com facilidade pelo funcionário, que fez uma parada rápida no banheiro masculino, onde largou o esfregão num canto e pendurou um pano na pia da área de manutenção depois de espremê-lo no balde. Gotas d'água respingaram na superfície ao lado.

Só então Alec notou que se tratava de um espelho. Ele se virou devagarinho.

No reflexo, um pequeno Freddy Fazbear de olhos azuis o encarou, com a pelagem dura e suja de vômito. Seus braços estendidos pareciam prontos para um abraço.

Não é possível. Isso não pode ser real.

Mas Alec não teve tempo de contemplar o que era possível ou não. Antes que desse por si, estava sendo levado outra vez.

O funcionário pegou a pata de Alec entre os dedos.

— Eca — falou, franzindo o nariz e estendendo o braço. — Você vai direto para o lixo.

Ele abriu a porta do banheiro masculino com o pé e avançou pelo corredor que levava ao depósito de onde Alex escapara mais cedo.

Espera, tentou dizer o menino. *Espera!*

Mas, como sempre, foi inútil.

O funcionário puxou um molho de chaves de um cordão preso ao cinto. Ele se dirigiu ao canto do depósito... onde ficava a lixeira verde e imensa.

— Cadê a chave? — murmurou o rapaz, tentando achar a certa. — Ah, é essa aqui.

Ele enfiou a chave no cadeado e, com um giro para a esquerda, a trava da lixeira se abriu.

— Divirta-se com seus amiguinhos! — exclamou o rapaz, soltando a pata de Alec.

O garoto caiu dentro da lixeira. Graças à luz do depósito, ele viu por que não tinha se machucado ao pousar: o impacto tinha sido amortecido por dezenas de ursos de pelúcia iguaizinhos a ele.

Dezenas de Freddys Solitários descartados.

— Boa noite — despediu-se o funcionário.

Então, a luz acima do garoto desapareceu. A tampa da lixeira foi fechada e trancada.

O medo arrepiou a pele de Alec... ou o que antes havia sido pele.

Em sua mente, ele gritava sem parar. No entanto, o único som que escapou de sua boca de urso de pelúcia foi um gemido baixinho.

— Socorro! — ouviu.

Achou que a palavra tinha saído de sua boca, mas logo viu que estava enganado. O grito viera do urso ao seu lado.

Em seguida, um urso do outro lado soltou o mesmo lamento.

Em pouco tempo, todos os ursos dentro da lixeira estavam emitindo ganidos baixos e pedidos de ajuda, abafados pela tumba escura e metálica.

Alec e seus novos amigos.

Dezenas de solitários.

ESGOTADO

`Claro que Oscar` tinha se dado mal.

Isso acontecia o tempo todo. Como na vez em que o pai foi para o hospital retirar as amídalas e contraiu uma infecção fatal, ou quando ele e a mãe precisaram se mudar para a área mais pobre da cidade, ou ainda todas as vezes que Oscar precisou ajudá-la no Asilo Recanto dos Carvalhos enquanto seus amigos gastavam a mesada no shopping.

Então não foi uma grande surpresa quando o garoto descobriu que o Plushtrap Perseguidor — um coelho verde e faminto ativado pela luz, que era seu personagem preferido do universo de Freddy Fazbear — seria colocado à venda no horário mais absurdo do dia mais absurdo da face da Terra.

— Sexta de manhã! *Sexta de manhã!* — reclamou Oscar.

— Cara, você precisa superar isso — disse Raj, chutando a mesma pedrinha que vinha bicando desde que tomaram o rumo da escola.

— Mas é *injusto*! — exclamou o garoto. — É um brinquedo para crianças. Por que começar as vendas justo quando todas elas estão na escola?

Oscar bateu num galho baixo, como se a árvore o tivesse ofendido.

— Estão sabendo que o Dwight já conseguiu um? — perguntou Isaac, atrás dos outros dois.

— Como assim?! — questionou Raj, ficando calado por um instante. Agora, sim, estava devidamente ultrajado. — Até ano passado ele nem *sabia* quem era o Freddy Fazbear!

— Pelo jeito, o pai dele só precisou "fazer uma ligação". O pai do cara vive "fazendo ligações" — resmungou Isaac.

— O Dwight é um escroto — alfinetou Raj, e os outros dois concordaram.

Era muito mais fácil odiar Dwight do que aceitar que eles não tinham pais que podiam fazer ligações para arranjar coelhos verdes e feios de um metro de altura e velozes como uma lebre de verdade.

— Nunca vamos conseguir um... Não se só chegarmos na loja às quatro da tarde — resmungou Isaac.

— E se...? — começou Oscar.

— Nem pensar — interrompeu Raj.

— Com você sabe o que eu ia...?

— A gente não pode matar aula.

— Talvez...

— Não dá. Já tenho duas advertências. Se receber mais uma, minha mãe vai me mandar para um daqueles acampamentos para crianças problemáticas.

— Qual é, ela não estava falando sério — disse Oscar.

— Você não conhece a minha mãe — rebateu Raj. — Uma vez, minha irmã deu uma resposta atravessada para ela e teve que ficar calada por uma semana.

— Isso é mentira, né? — questionou Isaac, rindo.

— Mentira? Pergunta para a Avni. Ela conta que, no sexto dia, parecia que ela tinha esquecido como falar.

Raj encarou o horizonte, assombrado pelo espectro da própria mãe. Oscar se virou para Isaac.

— Não olha para mim — disse o amigo. — Preciso levar o Jordan para casa.

Oscar não tinha como contra-argumentar. Jordan até que era um irmão caçula tranquilo, e a mãe de Isaac daria um chilique se o garoto sequer *pensasse* em deixar Jordan sozinho em casa das três da tarde até ela voltar do trabalho.

Não tinha jeito. Apesar dos planos brilhantes, no fundo Oscar sabia que não teria coragem de pôr nenhum deles em prática.

Matar aula era um pecado capital para a mãe, que tinha dado duro para concluir os estudos enquanto o criava sozinha.

Ele e os amigos precisariam aguardar até as quatro da tarde.

O dia foi desesperadamente longo. O sr. Tallis fez a sala inteira ler o preâmbulo da Constituição várias vezes, até declamarem cada palavra certinha. A sra. Davni aplicou uma prova surpresa injusta sobre isótopos. O técnico Riggins fez os alunos correrem ao redor do campo várias vezes, apesar da lama deixada pela última chuva. Oscar nunca teve um dia tão infeliz.

Mas, às 2h33, ficou ainda pior.

Dois minutos antes de o sinal tocar, Oscar foi chamado na secretaria.

— Agora? Sério? — perguntou o menino ao professor de geometria.

O sr. Enriquez deu de ombros. Mesmo sendo o professor preferido de Oscar, ele não tinha muito o que fazer pelo menino. Falou apenas:

— Sinto muito, sr. Avila. Ninguém disse que o ano letivo seria fácil.

Oscar se virou para Raj e Isaac. Aquela era a única aula que já haviam tido juntos desde que se conheceram no parquinho durante o terceiro ano do fundamental. Reunindo toda a sua força, o menino tentou vencer o aperto na garganta para fazer sua oferta sacrificial.

— Me esperem até três e meia. Se eu não voltar até lá... — disse ele, sob os olhares da sala inteira — ... podem ir sem mim.

Raj e Isaac assentiram, solenes. Oscar pegou os livros e a mochila, então olhou de novo para o sr. Enriquez.

— É sua mãe — murmurou o homem, colocando a mão com firmeza no ombro do garoto.

O professor sabia que às vezes a mãe de Oscar precisava de ajuda no Asilo Recanto dos Carvalhos. O menino não tinha certeza de qual era o cargo dela, só que era responsável por manter o lugar funcionando. Sua mãe era importante.

A secretária aguardava impacientemente por Oscar, com o telefone na mão.

— Achei que tivesse se perdido — comentou ela, sem um pingo de humor na voz. — Sua mãe sabe que a maioria dos pais dá um celular aos filhos?

Oscar arreganhou os dentes para simular um sorriso.

— Acho que ela gosta de ouvir sua voz — rebateu ele, e a secretária retribuiu o sorriso falso. — Além disso, é proibido usar celular na escola.

E a gente não tem dinheiro para comprar um, pensou, enviando um pouco de veneno na direção da secretária.

Oscar pegou o telefone da mão da mulher, que parecia prestes a bater com o aparelho na cara do garoto.

— Ei, carinha, o sr. Devereaux não está muito bem hoje — disse a mãe de Oscar.

Ela só o chamava de "carinha" quando a coisa estava feia.

Não. Não naquele dia. O sr. Devereaux devia ser o homem mais velho do mundo. E, quando cismava com alguma coisa, pouquíssimas pessoas conseguiam convencê-lo a comer ou a tomar os remédios. Inexplicavelmente, Oscar era uma delas.

— Cadê a Connie? — perguntou o garoto.

Ela era a única auxiliar de enfermagem a quem o idoso obedecia.

— Em Puerta Vallarta, onde eu gostaria de estar — respondeu a mãe. — De toda forma, ele quer ver você.

Oscar devolveu o telefone para a secretária, que já estava com a bolsa no ombro, tamborilando as unhas pintadas com francesinha no balcão.

— Resolveu sua crise? Preciso ir até a Baú do Brinquedo antes que os Plushtraps esgotem. Tenho cinco sobrinhos.

Aquela informação deixou Oscar desolado. Haveria cinco Plushtraps a menos depois que a srta. Bestly (srta. *Besta*, na cabeça dele) comprasse presentes para os sobrinhos pouco merecedores. Oscar arrastou os pés até o ponto onde passavam os ônibus da linha 12, baldeou para a linha 56 e andou os quatrocentos metros até o trabalho da mãe. Cabisbaixo, adentrou a recepção do Asilo Recanto dos Carvalhos.

Irvin, sentado atrás do balcão, cumprimentou o garoto.

— O cara está da pá virada, rapaz! — exclamou o recepcionista, falando alto demais por causa da música rebombando nos fones de ouvido. — Falou que a Marilyn quer roubar a alma dele!

Oscar assentiu. Irvin era versado nas esquisitices do Recanto dos Carvalhos, que incluíam a paranoia crônica e infundada do sr. Devereaux. Ouvir a confirmação do que a mãe lhe dissera ao telefone só aumentou a sensação de derrota do garoto. Ele passaria a tarde inteira ali — talvez até o começo da noite — tentando acalmar o sr. Devereaux. Nunca conseguiria um Plushtrap Perseguidor, se é que chegara a ter alguma chance de comprar o brinquedo.

As portas automáticas se abriram com um ruído. Sua mãe estava de costas, entregando uma prancheta para uma auxiliar de enfermagem que Oscar nunca tinha visto. O asilo trocava de funcionários como o menino trocava de roupa.

— Não deixe a sra. Delia comer laticínios depois das quatro da tarde — avisou a mãe. — Senão, ela vai soltar um monte de flatulências e a gente vai precisar isolar o quarto. Se isso acontecer, vou garantir que você cuide da ala dela a noite inteira.

A nova funcionária assentiu, claramente abalada, e saiu às pressas com a prancheta. No mesmo instante, a mãe se virou para Oscar, sorrindo com os braços estendidos. Ela tinha sempre um abraço de quebrar as costelas à disposição. Mesmo na vez em que o garoto "resgatou" um morcego e o soltou dentro de casa, e ela ameaçou colocar a cabeça do filho a prêmio, ainda havia abraçado Oscar a ponto de deixá-lo dolorido no dia seguinte.

— O sr. Devereaux acha que a Marilyn...

— ... quer roubar a alma dele — completou Oscar. — Fiquei sabendo.

— Depois de dezoito anos, era de se esperar que a Marilyn merecesse um voto de confiança.

— Nada de colher de chá para quem é suspeito — disse Oscar, e a mãe sorriu para ele.

— Valeu, carinha. Você é meu anjinho.

— Mãe... — reclamou ele, olhando ao redor para garantir que ninguém tinha ouvido.

Porém, os únicos que o zoariam estavam a quilômetros dali, na Baú do Brinquedo, comprando os últimos Plushtraps disponíveis. Oscar sentiu agonia só de pensar em Raj e Isaac alinhando os coelhos no quintal em batalhas épicas para ver qual Plushtrap devorava mais.

Oscar começou a pensar em alternativas. Talvez, se desse metade do valor do boneco para Raj ou Isaac, um dos amigos topasse compartilhar a guarda de um Plushtrap com ele.

O garoto lançou um sorriso fraco para a mãe, imaginando se o destino o agraciaria com um Plushtrap para recompensar seu comportamento angelical. Mas sabia que não valia a pena alimentar aquela esperança.

Quando chegou na porta do sr. Devereaux, Oscar viu o idoso no canto do quarto, seus olhos fixos à frente como lasers prontos para aniquilar o alvo.

— Começou — sussurrou o sr. Devereaux.

— O quê? — questionou Oscar.

Não estava curioso, só com pressa de resolver o problema.

— Ela passou esse tempo todo tramando. Eu devia ter suspeitado. Ela esperou até eu baixar a guarda.

— Qual é, sr. D.? O senhor não acredita nisso.

— Consigo sentir minha alma sendo sugada. Está saindo pelos meus poros, Oscar.

O sr. Devereaux não parecia estar com medo, e sim resignado. Oscar concluiu que eles tinham esse sentimento em comum.

— Por que ela faria isso? — perguntou o garoto. — Ela ama o senhor. Vocês dois dividem o quarto toda noite há quase duas décadas. Se ela quisesse sua alma, a essa altura já não teria roubado?

— Leva tempo para conquistar a confiança de alguém, mocinho — falou o sr. Devereaux. — Não dá para prever a sorte.

Eram pérolas como aquela que mantinham Oscar interessado no residente mais antigo do Recanto dos Carvalhos. Por mais que o sr. Devereaux deixasse observações sábias escaparem aqui e ali, Oscar sempre se surpreendia. Era como se o idoso soubesse o que estava na mente do menino... mesmo que a própria mente parecesse uma peneira, com pensamentos escapando pelos furos na direção de um abismo sem fim.

— Talvez a Marilyn não esteja roubando sua alma. Talvez só esteja guardando... sabe... num lugar seguro — sugeriu Oscar.

O sr. Devereaux balançou a cabeça.

— Já pensei nisso. É uma teoria bonita... mas ela devia ter pedido permissão.

Era naqueles momentos que Oscar tinha mais dificuldade: quando a lógica precisava se impor.

— Bom, mas não é como se ela pudesse falar com o senhor — disse ele.

— Claro que pode! — exclamou o sr. Devereaux.

Oscar ergueu as mãos, tentando acalmar o idoso antes que a nova auxiliar de enfermagem corresse até lá.

— Certo, mas preste atenção em mim rapidinho, sr. D. — começou Oscar, dando dois passos lentos para dentro do quarto. — Talvez ela tenha pensado que, sei lá, como vocês são tão próximos, o senhor não se importaria se ela... hã... *pegasse sua alma emprestada* por um tempinho...

O sr. Devereaux olhou para Oscar, desconfiado.

— Ela te falou para dizer isso, não foi?

— Não! Não, claro que não. Ninguém se meteria no... ééé... no relacionamento de vocês dois.

O sr. Devereaux voltou a atenção para o canto do quarto e perguntou:

— E aí, Marilyn? O que tem a dizer?

Oscar acompanhou o olhar do sr. Devereaux. Ambos fitaram a gatinha malhada idosa, que dormia na almofada sob a janela desde que o senhor havia se mudado para aquela cama. Segundo a lenda, Marilyn não chegara ao asilo com ele. Era uma gata de rua, mas um dia os funcionários a encontraram no quarto. Depois de garantir que os residentes da época não tinham objeções, deixaram Marilyn continuar por ali. A gata gostava da companhia do sr. Devereaux, apesar de seus surtos de ódio e desdém. Nem carinhos atrás da orelha nem erva-de-gato oferecida por outras pessoas eram capazes de afastar a bichana do sr. Devereaux.

Talvez a gata *realmente* quisesse a alma dele.

Marilyn piscou seus olhos felinos lentamente para o idoso.

— Bom, acho que nós dois sabemos o que isso significa — improvisou Oscar.

Por um instante, o sr. Devereaux pareceu confuso. Porém, depois de outro momento de contemplação ao som do ronronar alto de Marilyn, ele se tranquilizou.

— Certo. Parece que a Marilyn deve mais um agradecimento a você, jovenzinho.

Marilyn se esticou na cadeira e bocejou, mas Oscar não queria a gratidão de uma gata. Queria dar o fora da li.

— Sente-se, jovenzinho, sente-se — convidou o sr. Devereaux.

Oscar sentiu os resquícios de sua esperança irem embora. Aquilo duraria a tarde inteira.

O garoto se largou na cadeira mais próxima da porta.

— Minha alma pode estar em perigo, mas seu coração foi roubado — sentenciou o idoso.

Oscar tentou rir para não chorar. Aquele dia era só mais um dos *quases* que vinha colecionando ao longo da vida. Ele *quase* tinha entrado no time de beisebol da escola, mas deslocou o cotovelo no pior momento. *Quase* juntara dinheiro suficiente para comprar um celular, mas foi furtado no metrô. *Quase* tivera uma família completa, mas então o pai faleceu.

Se existisse uma premiação de quem tinha mais *quases*, ele provavelmente seria o vice.

— Ah, sim — continuou o sr. Devereaux. — O amor é uma coisa maravilhosa... até esmigalhar você em pedacinhos.

— Não é nada disso — retrucou Oscar.

Era ridículo tentar se explicar. Talvez o sr. Devereaux nem se lembrasse daquela conversa. Mas o garoto precisava contar para alguém, precisava de um confidente. E Oscar não conhecia um ouvinte melhor que aquele idoso que nunca vira de pé e cujo nome nem sabia.

— É só um... É só um brinquedo idiota — falou o menino, frustrado.

Mas, no instante em que tentou reduzir o Plushtrap a algo sem importância, sentiu um aperto no peito.

— Está quebrado? — perguntou o sr. Devereaux.

— Nunca nem foi meu — explicou Oscar.

O sr. Devereaux assentiu devagar. Marilyn começou a tomar um longo banho de língua.

— E suponho que jamais vai ser? — indagou o idoso.

Oscar se sentiu ridículo ao ouvir a situação colocada naqueles termos. Não era algo digno de deixar um garoto de doze anos melancólico.

— Nem é tão especial assim — mentiu Oscar.

— Ah, mas o brinquedo é apenas o broto irrompendo da terra — retrucou o sr. Devereaux.

O garoto ergueu o olhar, pensando que o idoso devia estar num de seus lapsos, mas ficou surpreso ao ver que o sr. Devereaux o encarava atentamente.

— A razão para o querer está enterrada lá no fundo — continuou o homem. — É o solo que alimenta o desejo.

O idoso se inclinou na direção de Oscar, pressionando o braço cheio de veias salientes na proteção da cama. O garoto ficou aflito.

— Acho que você já arou muita terra nesses seus poucos anos de vida — disse o sr. Devereaux. — Quer tantas coisas... mas nunca conseguiu colher os frutos do seu trabalho, não é mesmo?

Oscar não tinha talento algum para o cultivo. Matava todas as plantas e peixinhos que tentava criar.

— Não acho que o senhor... — começou o garoto.

— Os bons cultivadores sabem a hora certa de colher — interrompeu o sr. Devereaux.

Oscar se esforçou de verdade para entender, mas o homem estava falando nada com nada.

— Sr. D., é muito legal da sua parte tentar...

— Argh — disse o sr. Devereaux, gemendo de dor.

Ele se afastou da proteção da cama e arqueou as costas. Oscar ouviu alguma parte do esqueleto frágil do idoso estalar. Marilyn parou de se lamber para checar se o companheiro estava bem.

— Talvez você seja um *cultivador*, mas um *pensador* você não é — disparou o sr. Devereaux. — É preciso saber quando ir atrás de algo, mesmo que pareça impossível.

Oscar continuou encarando o idoso.

— Chega de ficar sentado aqui! — berrou o sr. Devereaux, a voz carregada de catarro. — Vá atrás do seu brinquedo precioso!

Ele começou a tossir, e Marilyn se encolheu numa bolinha em cima da almofada da cadeira.

A nova auxiliar de enfermagem surgiu e parou à porta, relutante em se aproximar.

— Tudo bem aí, sr. Dev...?

— Não, não está nada bem, sua fuinha pateta! Vá me buscar um copo de água, pelo amor de...

A auxiliar de enfermagem saiu apressada. Oscar continuou paralisado na cadeira, em meio ao ar repleto de pelo de gato e cheirando a desinfetante, contemplando a profecia que recebera.

— O que foi? Não acha que ela parece uma fuinha? Ninguém devia ter um rosto tão pequeno — falou o sr. Devereaux.

— Mas e se já tiver esgotado? — sussurrou Oscar, o cérebro enfim voltando a funcionar.

— Vocês, jovens, não têm a tal da internet? Seus telefones com computadores embutidos e zapzapes? Alguém por aí deve ter a porcaria do brinquedo — afirmou o sr. Devereaux, tossindo mais um pouco. — A questão é: chega de cultivar. É hora de colher.

A auxiliar de enfermagem voltou com um copinho amarelo, que o sr. Devereaux pegou de forma grosseira antes de se virar de lado, dando as costas à mulher e a Oscar. Marilyn ergueu uma das orelhas, mas logo se acomodou de novo em seu sono.

Cinco segundos depois, o sr. Devereaux já estava roncando alto, as costelas subindo e descendo sob o pijama puído.

— Você ninou ele — disse a auxiliar de enfermagem ao sair do quarto com Oscar, fechando a porta. — Meu herói.

O garoto se sentia meio tonto quando voltou à recepção. A mãe avançava pelo corredor às pressas, com três auxiliares de enfermagem a tiracolo. Eles as seguiam como patinhos se esforçando para acompanhar o ritmo da mãe.

—Você é uma alma abençoada — disse ela ao filho, sem erguer os olhos da prancheta.

O garoto sabia que a mãe estava sendo sincera, só estava muito ocupada.

— Ele chamou a nova auxiliar de enfermagem de fuinha — dedurou Oscar.

A mãe deu de ombros e murmurou algo sobre o rosto pequeno da auxiliar.

— Enfim, combinei de encontrar com o Raj e o Isaac — continuou o garoto, colocando a mochila no ombro.

—Ah, é? Vão fazer algo divertido? — perguntou a mãe, ainda focada na papelada.

Enquanto isso, uma das auxiliares de enfermagem tentava chamar sua atenção.

Oscar observou a mãe. A mecha grisalha que se estendia da franja ao cocuruto parecia maior, como se anos tivessem sido despejados sobre os fios enquanto ela dormia à noite.

— Não — mentiu ele. — Nada especial.

A mãe enfim ergueu os olhos da prancheta, segurou o queixo dele com carinho e sorriu. Oscar retribuiu o sorriso, porque sabia que ela sempre se dedicava ao máximo, desde que ele se entendia por gente.

O garoto se virou para ir embora.

— Ah, Oscar, acabei de lembrar. Você pode por favor comprar um iog…

— Foi mal, mãe! Preciso ir! — gritou ele, escapando da recepção e voltando à segurança do vestíbulo.

Oscar já tinha quase saído do asilo quando Irvin gritou, balançando a cabeça no ritmo da música em seus ouvidos:

— Tem mensagem pra você!

— Hein? — disse Oscar.

— O quê? — perguntou Irvin, pendurando o fone de ouvido no pescoço antes de repetir: — Tem uma mensagem para você. Do menino baixinho. Qual é o nome dele mesmo? Ah, Isaac.

— Ele ligou pra cá? — questionou Oscar, confuso.

Os amigos nunca tinham tentado falar com ele ali, mesmo o garoto passando quase tanto tempo no asilo quanto em casa. No máximo, Raj e Isaac já haviam ficado no vestíbulo esperando Oscar terminar de ajudar a mãe, matando o tempo enquanto Irvin os ignorava.

— Disse que é para você encontrar com eles no shopping. Tem a ver com um pluxe alguma coisa — falou Irvin.

— No shopping? Não na Baú do Brinquedo? Espera, que horas eles ligaram? — quis saber Oscar.

Isso chamou a atenção de Irvin.

— Bom, deixe-me consultar o serviço de anotação de recados — retrucou o homem, consultando um caderninho imaginário.

— Foi mal, é que...

— Faz uns dez minutos, acho — informou Irvin, amenizando o tom.

Dez minutos. Oscar demoraria mais uns vinte no ônibus e outros dez para caminhar do ponto até o shopping. Talvez desse tempo de chegar antes de fechar.

— Preciso ir!

— Se divir... Ah, que seja — falou Irvin, devolvendo os fones aos ouvidos, as portas já se fechando atrás de Oscar.

O garoto andava de um lado para o outro no ponto de ônibus, como se precisasse fazer xixi, e se inclinava para a frente no meio-fio para vislumbrar os ônibus que se aproximavam a distância. Motoristas buzinavam para que ele saísse do caminho, mas o menino mal notava.

Enfim o coletivo da linha 56 chegou, desacelerando lentamente e chiando ao parar. Só tinha espaço para ficar de pé. Ao longo da viagem, Oscar sentiu uma fúria irracional de todas as pessoas que ousavam puxar a cordinha. O veículo não conseguia avançar nem dois quarteirões sem alguém querer descer, e o garoto estava prestes a explodir de impaciência.

Quando o ponto do shopping se aproximou, Oscar estava tão ansioso para descer que quase se esqueceu de dar o sinal.

— Espera aí, motô! — gritou ele.

O condutor resmungou que não era o chofer particular de ninguém.

Oscar gritou um pedido de desculpas rápido por cima do ombro, então atravessou correndo o bosque de eucaliptos que definitivamente era uma propriedade particular antes de alcançar a estrada leste do shopping, que era a mais próxima do Empório.

O Empório vivia à beira da falência e já tinha quase fechado três vezes. Porém, em todas as ocasiões, foi salvo no último minuto por um investidor misterioso que, segundo os âncoras do jornal noturno, não queria ver outro negócio pequeno sucumbir à pressão das grandes redes de lojas de brinquedos.

Seria um lindo ato de caridade se o Empório não fosse tão nojento.

Oscar tinha quase certeza de que nunca passaram um pano no chão daquele lugar. Manchas misteriosas marcavam os rodapés da loja imensa, e provavelmente nenhuma sujeira tinha sido removida desde que se instalara ali. O próprio Oscar era responsável por uma daquelas marcas: quando tinha onze anos, vomitara um Refrigerante Verde Radioativo inteiro na frente das prateleiras com bolas de praia. Ele tentava não olhar, mas toda vez que ia ao Empório reparava nas manchinhas verdes que nunca tinham sido limpas direito da parede.

O estabelecimento estava sempre na penumbra, com as luzes fluorescentes zumbindo e piscando, como se não gostassem de estar acesas. Mas talvez o detalhe mais deprimente do Empório fossem as prateleiras vazias. A cada ano, chegavam no estoque alguns exemplares dos brinquedos legais que todo mundo queria, mas o resto do espaço enorme era ocupado por estantes meio vazias com bonecas genéricas empoeiradas, pequenas estátuas de personagens e casinhas que serviam de última opção para pais que demoravam demais — ou tinham dinheiro de menos — para comprar presentes. A própria mãe de Oscar já havia recorrido ao Empório algumas vezes, sempre depois do turno da noite, procurando a imitação mais fiel de algum brinquedo de marca que cabia em seu orçamento. O garoto sempre disfarçava a decepção.

Mas o Empório era a única loja de brinquedos no shopping. Todas as outras lojas de brinquedo da cidade, que pertenciam a grandes redes, eram enormes estabelecimentos de rua. Se Isaac tinha dito para Oscar encontrá-los ali, devia saber de algo que mais ninguém sabia.

Porém, aquele logo se mostrou não ser o caso. Assim que abriu a porta da entrada leste, Oscar viu uma multidão a distância tentando se enfiar no Empório. Devia ser o maior movimento que a loja via no ano inteiro.

O garoto diminuiu o ritmo e se aproximou da turba com cautela, nervoso ao ver tantas pessoas se empurrando.

Como era de se esperar, um único funcionário petrificado no caixa ao lado da porta tentava pedir paciência às pessoas, mas falhava espetacularmente. O pobre adolescente não tinha noção de onde estava se metendo quando chegou ao trabalho aquele dia.

— Oscar! — gritou alguém.

O garoto procurou Isaac na multidão, mas, como Irvin lembrara há menos de uma hora, o amigo era baixinho. Seria difícil encontrá-lo até numa multidão com metade daquele tamanho.

— Aqui! — chamou Raj.

Depois de analisar a multidão furiosa três vezes, Oscar enfim viu o menino pulando acima das cabeças que o cercavam. Estava próximo do começo da fila, o que só podia significar que tinham conseguido informações privilegiadas sobre os brinquedos em estoque.

Oscar se espremeu entre os clientes furiosos.

— Ei, tem uma fila aqui, garoto! — grunhiu um sujeito.

Oscar precisou disfarçar o riso, porque... *aquilo* era o que chamavam de fila?

O menino desviou de mais alguns resmungos antes de enfim alcançar os amigos. Isaac ficou na ponta dos pés para ver se a vez deles já estava chegando.

— Cara, a gente tentou a Baú do Brinquedo, a Berlindes, aquela loja na rua Vinte e Três e a San Juan — contou Raj.

— Fomos até naquele lugar sustentável esquisito na rua Cinco, que só vende brinquedos de madeira — informou Isaac.

— Se essas lojas chegaram a receber alguns Plushtraps, venderam tudo em cinco minutos — acrescentou Raj.

— Mas tem o coelho aqui no Empório? — perguntou Oscar, incrédulo.

Ainda não tinha *visto* ninguém com um, e precisaria ver para crer.

— Não nas prateleiras — respondeu Raj, pulando para a parte boa. — A gente encontrou o Thad na frente da Torpedo. Ele estava com uma sacolona do Empório, e achamos suspeito. No começo, ele não queria mostrar o que era, mas acabou cedendo.

— Ele só deixou a gente ver a parte de cima da caixa, mas era um Plushtrap com certeza. Thad estava todo se achando — zombou Isaac. — Parece que a irmã dele está namorando a gerente assistente daqui. Ela contou que receberam um pequeno estoque de Plushtraps, mas o gerente não quis colocar nas prateleiras.

— Provavelmente queria vender na internet por fora — opinou Raj. — Babaca.

— Mas parece que a informação se espalhou — comentou Oscar, observando a multidão.

Todo mundo olhava ao redor. Ninguém queria chegar ao começo da fila só para ouvir "Acabamos de vender o último".

As pessoas avançaram de repente, empurrando quase toda a fila capenga adiante, e resmungos de protestos irromperam entre os clientes.

Isaac trombou com Oscar, que trombou com a mulher na frente dele, que reclamou bem alto:

— *Cuidado!*

Ela espiou por cima do ombro para fuzilar Oscar com o olhar. Era a secretária da escola, a srta. Besta. A que tinha cinco sobrinhos.

— Ai, não! — sussurrou Oscar. — Ela vai passar o rodo nos que sobraram! — sibilou para Raj e Isaac.

— Não tem como. O limite é um por cliente — explicou Raj. — Não se preocupa, estou com um bom pressentimento.

— Ah, claro, um pressentimento.

Oscar revirou os olhos, mas no fundo estava grato pelo otimismo de Raj. Ele não tinha um pingo sequer daquele sentimento. A palestra do sr. Devereaux sobre estar na hora de colher os frutos já era uma lembrança distante.

Depois de um milênio, a fila andou de novo, e chegou a vez da secretária da escola.

— Como assim, só um por pessoa? — questionou a mulher.

— Sinto muito, senhora, mas é a regra — respondeu o atendente, parecendo a segundos de um surto psicótico.

— Quem inventou essa regra?

— Meu gerente, senhora — explicou o rapaz.

A multidão soltou um suspiro frustrado.

—Você não escutou, minha filha? Ele já repetiu mil vezes — grunhiu um rapaz, que teve o azar de ficar espremido contra a prateleira mais próxima da porta.

— E como vou explicar isso para os meus sobrinhos? — perguntou a srta. Besta, devolvendo o mau humor do rapaz na mesma moeda.

— Não sei. Que tal falar que tinha o limite de um Plushtrap por pessoa na loja? — zombou o rapaz.

Oscar admirou sua coragem. Ninguém na escola ousava falar daquele jeito com a secretária.

— Senhora — interrompeu o atendente. — Posso vender um boneco para você, mas precisa ser rápido.

A secretária lançou um olhar fulminante, que Oscar desconfiava ser capaz de derreter cérebros, para o funcionário.

— Hã, se estiver tudo bem para a senhora — acrescentou ele, mas era tarde demais. Já estava sofrendo o processo de liquefação.

A sra. Besta largou a bolsa imensa no balcão, contou o dinheiro bufando e pagou por um glorioso Plushtrap Perseguidor.

Era a primeira vez que Oscar via um daqueles em carne e osso... ou em pelúcia e espuma.

Mesmo através da janelinha transparente da caixa, o boneco parecia aterrorizante. Os olhos de plástico esbugalhados saíam de órbitas imensas, o que dava ao rosto um aspecto meio esquelético. A boca escancarada revelava fileiras de dentes perturbadoramente afiados. O atendente precisou ficar na ponta do pé para passar a caixa com quase um metro de altura por cima do balcão até as mãos ávidas da secretária. Ela dispensou a sacolinha plástica com um gesto irritado, farta daquela negociação. Foi embora bufando, com dezenas de olhos acompanhando seu trajeto até a porta antes de se voltarem para o guardião do tesouro.

A multidão avançou, mesmo não sendo necessário. Oscar, Raj e Isaac estavam quase subindo no balcão.

— Um Plushtrap Perseguidor, por favor! — exclamou Oscar, sem fôlego. — Se só tiver mais um, a gente vai dividir.

Os garotos enfiaram a mão no bolso para reunir o dinheiro que tinham, sem discutir. Se só conseguissem um Plushtrap, simplesmente compartilhariam. Um por todos e todos por um. Eles entendiam muito bem o significado de escassez.

— Sinto muito — falou o adolescente atrás do balcão, embora parecesse mais aterrorizado do que pesaroso.

— Como assim? — perguntou Oscar, ainda que, no fundo, já soubesse.

— Não... Não, não, nãoooooo. — Isaac balançou a cabeça.

— Não fala isso.

O atendente engoliu em seco e anunciou:

— Está... esgotado.

A multidão irrompeu num protesto. Conscientemente ou não, o atendente agarrou o balcão como se temesse que um buraco se abrisse no chão.

— Não pode ser — lamentou Raj, mas Oscar mal conseguia ouvi-lo no meio das reclamações dos clientes.

Raj olhou para Oscar, implorando para o amigo dizer que era só uma brincadeira. Que havia Plushtraps para eles. Que não sairiam dali de mãos abanando.

Não era possível que Oscar tivesse ido até ali só para receber outro *quase*.

O garoto encarou o rosto petrificado do atendente. Que motivo ele teria para mentir? Que motivo teria para irritar a multidão que já estava à beira da revolta?

A semente da decepção começou a criar raízes no estômago de Oscar, enquanto a cena ao seu redor se desenrolava em câmera lenta. Ele se imaginou indo embora com Raj e Isaac, dando a volta no shopping e arrastando os pés até o ponto de ônibus, incapaz de encontrar palavras para expressar o tamanho de sua decepção. Incapaz de explicar que não era só por causa do Plushtrap Perseguidor. Na verdade, aquela era só mais uma confirmação de que pessoas como ele não podiam ter esperança.

Enquanto o vendedor continuava ali, com as mãos trêmulas erguidas, como se pudessem de alguma forma acalmar a massa furiosa, Oscar se afastou até a ponta do balcão e tentou processar mais uma decepção. Ele se sentiu deslocado dos arredores... até algumas palavras curiosas desviarem sua atenção dos protestos estrondosos dos clientes e dos frágeis pedidos de desculpa do atendente.

— ... chamar... polícia — dizia uma mulher.

— Quem... registrou... devolução? — indagou a voz grave de um homem.

— ... de verdade! — exclamou um adolescente de voz esganiçada.

— ... humanos? — perguntou a mulher.

Oscar avançou além do balcão e espiou por entre as pilhas de caixas de papelão. Ali atrás, três funcionários cercavam algo que o garoto não conseguia ver. Estavam de costas, mas ele havia se afastado o bastante da multidão a ponto de ouvir o que os funcionários discutiam.

— Sem dúvida. Parecem... de verdade — comentou o adolescente, curvando-se sobre o objeto.

— Sem dúvida não são originais de fábrica — resmungou um homem.

Pelo tom arrogante, Oscar supôs que aquele fosse o gerente ganancioso.

— Como você sabe? — perguntou uma terceira funcionária, que usava um rabo de cavalo, agachando-se ao lado do adolescente. — Ninguém olhou para isso direito antes de sair vendendo?

— Alguém teria percebido, não teria? — perguntou o adolescente, incerto.

— Acho mesmo que a gente devia chamar a polícia — repetiu a garota de rabo de cavalo, com a voz tão baixa que Oscar precisou se esforçar para ouvir.

— E dizer o quê? — rebateu o adolescente. — "Ei, temos uma emergência aqui. Devolveram um brinquedo, e olha só que coisa: parece que está vivo! Socorro, seu policial, socorro!"

— Fala baixo! — brigou o gerente.

— Quer dizer, não é *possível* serem de verdade, é? — questionou a mulher.

Os outros não responderam. Mas os três se afastaram da coisa, e Oscar enfim o viu.

Em cima de uma mesinha, havia uma caixa tão amassada que parecia ter sido resgatada de dentro de um compactador de lixo. A janelinha de plástico estava imunda, com sulcos brancos marcando a superfície transparente. Os cantos da caixa estavam murchos e rasgados, e as abas da parte de cima tinham sido presas com um pedaço capenga de fita adesiva. Dentro da embalagem estragada, Oscar viu uma cabeça verde e olhos esbugalhados.

Um Plushtrap Perseguidor!

Atrás do garoto, a multidão soltou um rugido, e o atendente do caixa surgiu de repente para falar com os outros funcionários. Não reparou na presença de Oscar. Estava em pânico.

— Me ajudem! — gritou para os colegas. — O povo vai se rebelar!

Antes que se virassem, Oscar deu a volta nas pilhas de caixas e correu de volta para os amigos ainda espremidos contra o balcão.

A mulher com o rabo de cavalo surgiu atrás do caixa, tomando o lugar do vendedor em pânico. O crachá dela dizia TONYA, GERENTE ASSISTENTE.

— Sinto muito, pessoal — começou Tonya, projetando a voz.

— Os Plushtraps estão esgotados.

— Não estão, não — rebateu Oscar.

Mas sua voz saiu baixinha, impossível de ouvir no meio do furor da multidão. Tonya não respondeu, então ele gritou para chamar a atenção dela:

— Ei!

A jovem se virou, os olhos castanhos soltando faíscas.

— O que foi? — perguntou ela, irritada.

— Tem um lá nos fundos — disse Oscar, num tom acusador, apontando para as pilhas de caixas, atrás das quais esconderam o Plushtrap Perseguidor.

Tonya correu os olhos pela multidão de novo, depois se virou na direção apontada por Oscar. Encarou as caixas por um bom tempo, então fitou o rosto do garoto como se os dois fossem as únicas pessoas na loja.

— Aquele está com defeito — explicou ela.

— Pareceu normal para mim — mentiu Oscar, abusando da sorte.

Não fazia ideia do que Tonya e os outros funcionários estavam discutindo, mas era esperto o bastante para saber que havia algo estranho com aquele Plushtrap Perseguidor. Mesmo assim, não se importava. A necessidade de botar as mãos no brinquedo o consumia.

— Ele não está normal, garoto. Está... quebrado. — Tonya cruzou os braços. — Confie em mim, não vai querer aquele bicho.

— Mas...

— Não está à venda! — disse Tonya entredentes, antes de gritar para os outros clientes: — Ei, pessoal, eu sinto muito! Tenho certeza de que vamos receber mais. — Então sussurrou para si mesma: — Tomara.

— Quando? — quis saber uma mulher com uma camiseta que dizia QUEM DANÇA SEUS MALES ESPANTA.

— Não s...

— E o que eu falo para a minha filha? — perguntou um homem de terno e gravata.

— Senhor, precisa...

— Seu atendente disse que tinha Plushtraps para todo mundo! — bradou uma mulher, tão perto de Oscar que os ouvidos do menino zumbiram com a voz estridente.

— Ele não...

A multidão estava à beira do motim, mas Oscar mal registrava o caos.

— Cara, é melhor a gente vazar daqui — sugeriu Isaac.

— Sério — acrescentou Raj. — Minha mãe me arrastou para um saldão de roupas de cama uma vez. Quando os itens esgotaram, vi uma mulher morder outra pessoa. O povo queria sangue.

— Não quero que me mordam! — exclamou Isaac, soando horrorizado.

Mas Oscar não estava prestando atenção.

— Não me importa se está com defeito, vou comprar mesmo assim — disse ele para Tonya, mas os protestos estavam tão altos que ela não ouviu.

A funcionária puxou o fone do sistema de som da loja.

— Ei, pessoal, se acalmem! — gritou Tonya no aparelho. Um guincho de microfonia soou, fazendo todos pararem por um instante para tapar os ouvidos.

Mas o aviso só inflamou ainda mais os ânimos. Em poucos segundos, clientes estavam se empurrando, invadindo a loja e arrancando brinquedos das prateleiras. Procuravam Plushtraps Perseguidores como se fosse uma caça ao tesouro maluca.

— Chega. Vou chamar os seguranças! — gritou Tonya, trocando o microfone pelo interfone que ficava embaixo do caixa.

— Não sou paga para isso.

— Qual é! Deixa a gente comprar aquele lá dos fundos! — insistiu Oscar.

A ideia de ir embora depois de ter chegado tão perto era insuportável.

— Esquece, garoto! — gritou Tonya por cima do ombro, antes de pegar o interfone e perguntar: — Cadê o sr. Stanley? Preciso de uma ajudinha aqui.

Tonya virou as costas para o balcão.

Oscar nem pensou duas vezes.

Se tivesse pensado, jamais teria dado a volta no balcão e corrido para trás das pilhas de caixas. Jamais teria empurrado o adolescente e o gerente que encaravam a caixa danificada. Com certeza, jamais teria pegado o brinquedo e o levantado, acertando o adolescente no queixo sem querer, enquanto o atendente e Tonya gritavam para Oscar largar o Plushtrap. Se Oscar estivesse pensando, teria respondido Raj e Issac quando os amigos surgiram ao seu lado e perguntaram o que ele estava aprontando.

Naquele momento, a única coisa na sua mente eram as palavras do sr. Devereaux: *Chega de cultivar. É hora de colher.*

Oscar jogou o dinheiro que ele e os amigos tinham reunido em cima da mesinha. Abraçou a caixa alta e estreita contra o peito, se virou e saiu correndo. Contornou o balcão, depois baixou o ombro para abrir caminho em meio à multidão que, de tão imersa no próprio caos, mal notou sua passagem.

— Pare! PARE! — gritavam os funcionários.

Mas, quando Oscar deu por si, já tinha saído do Empório. A entrada da loja estava vazia agora que toda a multidão se encontrava lá dentro.

— O que você está fazendo, cara?! — exclamou Raj.

Mas ele já estava quase ao lado de Oscar. O que significava que, seja lá o que estivesse fazendo, o amigo faria junto. Oscar também ouviu as perninhas de Isaac trabalhando para manter o ritmo dos outros dois.

— Por ali! — berrou o atendente, perto demais para Oscar se permitir relaxar. — Eles roubaram a caixa!

— Parados! — gritou outra voz, muito mais autoritária.

— Ixe, é o segurança! — exclamou Isaac.

O garoto acelerou e ultrapassou Oscar e Raj, correndo na frente deles até a saída do shopping. A entrada leste já estava à vista.

— Ferrou — falou Raj, acompanhando o ritmo de Oscar. — A gente tá muito ferrado, cara.

Oscar não conseguia falar nada. Mal processava o que tinha acabado de fazer. Sua mente já havia desligado.

De repente, Isaac fez uma curva fechada, e Oscar levou um segundo para entender o motivo. Da porta de um banheiro à direita, surgiu um segurança, ainda abotoando as calças. Confuso, o homem viu a cena se desenrolar à sua frente, compreendendo lentamente que estava diante de um problema.

Oscar e Raj passaram a toda por ele. No mesmo instante, o segurança que os perseguia berrou:

— Pegue esses meninos!

A entrada leste cintilava à frente, como um farol na escuridão. Isaac saiu primeiro, segurando a porta enquanto agitava o braço para Oscar e Raj e gritava:

— Rápido, rápido, rápido!

Oscar e Raj aceleram, velozes como carros de corrida. Com Isaac na dianteira, fizeram uma curva fechada na direção do bosque de eucaliptos, mas o estacionamento ainda apresentava diversos obstáculos antes de chegarem às árvores.

Isaac hesitou e Oscar assumiu a liderança, desviando de minivans e SUVs como se estivesse jogando um videogame humano em que inimigos vestidos com uniformes de segurança tinham chance de brotar a cada esquina.

Mas Oscar só ouvia a voz dos dois vigias. Quando ousou olhar por cima do ombro, viu que não havia mais ninguém atrás deles, e o segurança que tinha acabado de sair do banheiro já estava ficando sem fôlego.

—Voltem... aqui... agora! — ordenou o homem, arquejando.

— A gente vai conseguir despistar geral! Vamos! — exclamou Oscar, e sua voz parecia ser de outra pessoa.

Era como se o menino tivesse abandonado o próprio corpo e um mestre do roubo tivesse assumido seu lugar. Aquele não era Oscar. Naquele momento, não era ninguém que ele reconhecia.

— Quase lá — bufou Raj, e os outros entenderam que ele estava se referindo ao bosque de eucaliptos.

O cheiro de mentol dominava o ar, e se impregnou nos pulmões ardentes de Oscar.

— Isso aí é propriedade privada! — gritou o outro segurança, mas sua voz parecia vir de muito longe.

Era quase como se estivesse dizendo aquilo para si mesmo, e não para Oscar. Assim, não precisaria perseguir os meninos depois que eles avançassem por entre as árvores.

Oscar jogou a caixa por cima da cerca e pulou em seguida, rolando nas folhas que já tinham começado a cair com a chegada do outono. Isaac saltou logo depois, acompanhado por Raj, e todos deram mais uma espiada para confirmar o que Oscar já sabia: os seguranças tinham desistido da perseguição. Um dos vigias estava inclusive com as mãos apoiadas nos joelhos e o corpo curvado para a frente, ofegando.

Mas os garotos ainda precisavam correr. Aquela era uma propriedade privada, e não deveriam estar ali. Além disso, sabiam que tudo que tinham acabado de fazer era errado. Especialmente o que *Oscar* tinha acabado de fazer. E, em vez de encarar a situação, ele tentou fugir dela.

O garoto correu até a rua da sua casa, mesmo com Raj e Isaac implorando que ele fosse mais devagar, porque o perigo já tinha passado e ele parecia maluco. Imploraram com certa raiva, e Oscar entendeu que era porque ele havia enfiado os amigos naquela furada. *Ele* tinha pegado o Plushtrap Perseguidor. *Ele* tinha saído correndo como se um urso estivesse em seu encalço. Ele tinha obrigado Isaac e Raj a decidir entre fugir com ele ou deixar o amigo enfrentar sozinho sua terrível decisão e todas as suas consequências.

Quando enfim chegaram à casa de Oscar — com os pulmões queimando, a nuca suando e as pernas tremendo tanto que pareciam gelatina —, os três se jogaram no chão da pequena sala de estar. Ficaram esparramados num círculo ao redor da caixa de um metro de altura que estava úmida de suor e decorada com folhas mortas.

—Tecnicamente, não foi roubo — disse Oscar, o primeiro a recuperar o fôlego, e talvez o raciocínio.

—Você é um idiota — afirmou Isaac, sincero.

— Eu deixei nosso dinheiro no balcão — relembrou Oscar.

Mas sabia que era um argumento risível, o que Raj pontuou com uma risada sem humor algum.

—Você é um idiota — repetiu Isaac, só para garantir que o amigo tinha entendido.

Oscar confirmou com a cabeça.

— Sim, eu sei.

Dessa vez, todos deram uma risadinha. Não foi uma gargalhada nem uma reação muito genuína, mas foi suficiente para Oscar entender que, mesmo reprovando o que ele tinha feito, os amigos não o odiavam. Além disso, agora tinham um Plushtrap Perseguidor.

Enquanto recuperava o fôlego, Oscar teve tempo de refletir sobre os sussurros que entreouvira dos funcionários do Empório. O que eles tinham dito mesmo? Algo sobre o coelho parecer de verdade? Era difícil entender por que isso seria um problema. Quanto mais realista, melhor, certo?

Ainda assim, a forma como todos se afastaram do brinquedo... Definitivamente havia algo errado com ele.

Isaac e Raj se ajoelharam ao lado do amigo, encarando o Plushtrap Perseguidor obtido de forma ilegal.

— A gente vai abrir? — perguntou Raj.

Eles já tinham o brinquedo em mãos... Oscar deixaria mesmo que os funcionários medrosos da loja mais triste do mundo o impedissem de abrir seu Plushtrap Perseguidor? Depois de finalmente ter ido atrás do que queria? Depois de finalmente ter colhido os frutos de seu trabalho duro?

— E aí, cara? A gente vai abrir ou não? — repetiu Raj.

— Bora — falou Oscar. —Vamos ver do que essa belezinha é capaz.

Demoraram um tempo para tirar o brinquedo da caixa. A bandeja de plástico, que deveria estar moldada ao redor do coelho para protegê-lo, havia sido amassada junto com a caixa e estava enfiada nas articulações dos braços e das pernas do Plushtrap, quase se mesclando com o brinquedo. Os lacres que o mantinham preso à bandeja estavam amarrados com muita força e precisaram ser soltos com cuidado. E, com as letras manchadas e desbotadas, as instruções eram ilegíveis.

Depois de enfim libertarem o boneco da caixa, Oscar colocou o Plushtrap Perseguidor sobre os pezões enormes e dobrou as juntas do joelho para estabilizá-lo. O brinquedo era leve, considerando o maquinário que devia ter por dentro. As partes mais pesadas eram os pés (provavelmente para dar equilíbrio e facilitar os movimentos) e a cabeça (para facilitar a mastigação).

— Não é bem como eu imaginava... — comentou Raj.

Oscar e Isaac ficaram calados, o que significava que concordavam, ainda que com relutância.

Eles não eram esnobes nem nada. Oscar já tivera vários brinquedos com pequenos danos e consertados, porque possuía mais vontades do que dinheiro. E, embora Raj e Isaac tivessem uma condição um pouco melhor, nunca esfregavam aquilo na cara de Oscar.

A questão era que nada seria capaz de fazer jus à expectativa que precedera o lançamento do Plushtrap Perseguidor. O brinquedo, na verdade, não fazia muita coisa. Ele corria... rápido. E mastigava... rápido. A simplicidade das funções tinha despertado a curiosidade de Oscar. No entanto, mais do que isso, o Plushtrap era *cobiçado*. Era o brinquedo que todo mundo teria naquele ano. Só os azarados, os que sempre eram deixados para trás, ficariam sem. Oscar não podia fazer parte daquele grupo outra vez. De jeito nenhum.

— Hã... É coisa da minha cabeça ou as presas parecem meio estranhas? — perguntou Isaac, apontando para os dentes retos, ligeiramente amarelados e *de aparência humana* que conseguiam vislumbrar dentro da boca entreaberta do Plushtrap.

— Não é coisa da sua cabeça, não. Parecem... reais.

Oscar precisou admitir que eram presas esquisitas mesmo. Não tinha semelhança alguma com o Plushtrap que aparecia nos comerciais ou com o brinquedo que tinham visto nas mãos da srta. Besta.

— Sim, não são afiados — ponderou Raj. — Por quê?

Oscar nem tentou responder.

— Não são afiados, mas são assustadores. Parecem... — Isaac engoliu em seco — ... humanos.

— Sim — concordou Raj. — Parecem mesmo. Que doideira.

— E qual é a dos olhos? — perguntou Isaac, estendendo a mão para tocar num dos globos verdes e turvos. — Eca! — Ele puxou a mão de volta, balançando os dedos. — É molengo!

Não dava para negar. Os funcionários nos fundos da loja estavam discutindo o que havia de errado com os olhos e dentes daquele Plushtrap Perseguidor.

Mas é impossível serem de verdade, pensou Oscar.

Porém, ele viu o olho que Isaac tinha tocado. A superfície cedera um pouquinho, como uma uva sem casca sendo pressionada. Não ouviu o barulhinho da unha do garoto contra algo duro, como aconteceria se a peça fosse de plástico rígido.

E ainda tinha os dentes...

— É por isso que estavam tão assustados — murmurou Oscar.

Só notou que disse sua conclusão em voz alta quando Raj e Isaac se viraram para encará-lo.

Essa é minha punição, pensou Oscar. *É o que mereço por ter sido idiota e roubado esse brinquedo ridículo.*

— Tá, preciso contar uma coisa que entreouvi lá na loja — começou o garoto, soltando um suspiro longo e sofrido.

— Como conseguiu entreouvir alguma coisa naquela barulheira? — questionou Isaac, focando no assunto errado.

Oscar balançou a cabeça.

— Perto do estoque. Os funcionários... estavam parados ao redor da caixa falando que ela tinha sido devolvida e se perguntando se deviam chamar a polícia porque...

— Porque os olhos e dentes são HUMANOS! — gritou Raj, como se seus pensamentos mais mórbidos tivessem se transformado em realidade.

— Então... é — confirmou Oscar. — Mas, quando você fala assim, soa meio ridículo.

— Sim, completamente ridículo — disse Raj, olhando para o Plushtrap Perseguidor.

— Totalmente — reforçou Isaac, afastando-se alguns passos do brinquedo.

— Quer dizer... não é como se a gente tivesse visto outros Plushtraps de perto — argumentou Oscar. — Provavelmente todos são...

— ... macabros? — arriscou Isaac.

Raj se virou para Oscar.

— Você deu um jeito de roubar o único Plushtrap Perseguidor que parece um híbrido com um ser humano — acusou.

— Acho que os olhos dele estão me acompanhando — disse Isaac.

— Talvez a gente goste mais do coelho ao vê-lo em ação — sugeriu Oscar, tentando a todo custo recuperar o entusiasmo dos amigos.

Raj deu de ombros.

— Por que não?

Isaac também deu de ombros, mas então ergueu o livreto de instruções destruído e comentou:

— Acho que a gente vai precisar se virar.

— Vamos ver do que esses dentes humanos são capazes — disse Raj.

— Não fala assim — pediu Isaac, estremecendo.

Oscar tentou baixar o queixo do Plushtrap, mas a mandíbula não cedeu. A boca estava semiaberta, apenas o suficiente para terem um vislumbre dos dentes assustadores.

— E se empurrar o focinho para cima? — propôs Raj, segurando a cabeça do coelho enquanto Oscar continuava a forçar o maxilar.

— Vocês precisam fazer mais alavanca — sugeriu Isaac, puxando os bigodes do Plushtrap.

— Cara, assim vai quebrar — avisou Oscar, parando de puxar de repente.

Raj e Isaac quase caíram para trás.

— A gente só precisa de algo para forçar a abertura — prosseguiu Oscar.

Ele correu até a gaveta da cozinha para pegar uma faquinha de manteiga.

Quando voltou, enfiou a parte reta da faca na abertura da boca do bicho. Porém, ao forçar o instrumento, o metal fino se rompeu e a ponta do utensílio ficou presa entre os dentes esquisitos.

— Uau — falou Raj. — Jura que ele mordeu a faquinha de manteiga?

Oscar analisou o brinquedo, cansado do esforço que o coelho demandava. Suas ações pareciam mais inúteis a cada minuto.

— Ele não mordeu nada, Raj. Eu que quebrei a faquinha.

— Talvez ele só abra a boca depois que ligar — propôs Isaac.

Enfim um deles estava raciocinando direito.

Os meninos estudaram a pelagem nas costas do coelho, procurando um interruptor. Só encontraram o fecho que cobria o compartimento da bateria, já com uma unidade de nove volts inserida. Logo abaixo, havia alguns buraquinhos.

— É um alto-falante? — perguntou Isaac. — Peraí, ele fala?

— Não. Pelo menos não tem nada sobre isso nas propagandas — disse Raj, então franziu o cenho. — Qual é o barulho que um coelho faz?

— Galera, vamos *focar*? A gente está procurando um botão de ligar. Dá uma olhada no pé — sugeriu Oscar.

De fato, assim que viraram o boneco, encontraram um pequeno interruptor preto na posição de "ligado".

— Ceeeeeeerto — falou Isaac, empurrando o interruptor de um lado para o outro.

— Talvez precise trocar a bateria — comentou Raj.

Era uma ideia tão boa quanto qualquer outra.

Oscar voltou para a cozinha e abriu a gaveta da bagunça, revirando elásticos e cupons de suco de laranja até achar uma embalagem de baterias de nove volts. Só tinha uma sobrando.

—Vamos tentar — disse o garoto, correndo de volta para a sala.

Os amigos tiraram a bateria antiga, raspando a gosma branca que corroera o interior do compartimento. Depois, posicionaram a bateria nova e fecharam a tampa.

Raj bateu palmas e esfregou as mãos, exclamando:

— Agora vai!

Oscar ligou o interruptor no pé do coelho, mas o Plushtrap continuou parado e com a boca travada.

— Ah, QUAL É? — reclamou Isaac.

O estresse do dia começava a se manifestar.

— Calma, calma — pediu Oscar, fazendo seu melhor para acalmar os ânimos.

Pegando a caixa do Plushtrap, enfim percebeu as letras grossas dentro de um balão de quadrinhos:

CAMINHA NO ESCURO!

FICA PARADO NA LUZ!

— Gente, só funciona com a luz apagada! — exclamou Oscar, o coração tomado por um resquício de esperança. Talvez nem tudo estivesse perdido.

— Ah... — soltaram Raj e Isaac ao mesmo tempo.

Claro. Eles tinham se esquecido daquele detalhe crucial.

Os garotos entraram em ação, fechando as cortinas e apagando as lâmpadas para deixar o coelho no ambiente mais escuro possível. No entanto, um restinho de luz do sol ainda conseguia entrar pelas frestas, iluminando a decepção no rosto dos três quando viram que o Plushtrap Perseguidor continuava parado.

— Não está escuro o bastante — sugeriu Isaac.

— Deve ter que carregar ou coisa assim — propôs Raj.

Mas quando nenhum dos amigos se ofereceu para levar o Plushtrap para casa naquela noite, o resquício de esperança de Oscar se esvaiu. Ele se sentia seco e quebradiço por dentro. Aquela situação era como todas as outras. O garoto ousara acreditar que algo bom poderia acontecer com ele. Fizera até a única coisa que jurou a si mesmo, à mãe e a qualquer pessoa cuja opinião importava que nunca faria: tinha roubado. E tudo para sentir um mísero *gostinho* de sorte.

Agora estava sem um terço dos oitenta dólares que o brinquedo custava, sem um Plushtrap Perseguidor decente e talvez à beira de perder seus dois melhores amigos, que se enfiaram naquela confusão só porque a vontade do garoto foi grande demais.

A mãe de Oscar ligou naquela noite e quis saber:

— E aí, aconteceu algo legal hoje?

Era a mesma pergunta que sempre fazia quando estava no trabalho enquanto o filho preparava o próprio jantar e ia para a cama sozinho. Mais uma vez, ela tinha sido designada para cuidar dos idosos durante o turno da noite.

— Nada de mais — respondeu o menino, como sempre.

Mas, dessa vez, a resposta doeu, porque algo legal *quase* tinha acontecido...

Oscar acordou sentindo cheiro de café, como acontecia todos os dias. A mãe dele era viciada. Como ela conseguia chegar em casa às três da manhã e acordar às sete era um mistério.

Ao se virar na cama, o garoto tomou um susto com os olhos melequentos dentro das órbitas imensas no rosto coberto de pelagem verde. Pareciam olhos humanos.

— E aí, coisa feiosa? — cumprimentou Oscar.

O Plushtrap continuava ao lado da cama, exatamente onde fora deixado à noite, com a ponta da faquinha de manteiga presa entre os dentes.

Assim como no dia anterior, o coelho não fez nada. Mas era de se esperar, já que a luz do sol entrava pelas cortinas finas ao lado da cama. Oscar tinha ido para a cama torcendo para que o quarto escuro carregasse a fonte de energia que os garotos não haviam conseguido acionar no dia anterior, mas essa se mostrou mais uma esperança vã.

Ele foi para a cozinha vestindo sua calça de flanela e deu um beijo no rosto da mãe, como toda manhã. Se Raj ou Isaac vissem aquilo, zoariam o amigo pelo resto da vida — mas Oscar sabia que era importante para a mãe, então não ligava. Depois da morte do pai, ele criou o hábito de cumprimentá-la assim, mesmo que ela não pedisse. Quando era baixinho demais para alcançar seu rosto, começou dando um beijo no cotovelo, depois passou para o ombro. Mal era um beijo, já que Oscar deixava os lábios bem apertados, mas decepcionar a mãe não era uma opção.

Depois de se servir de um copo de suco e de uma tigela de cereal açucarado, o menino começou a comer. Então notou que a mãe não tinha dito uma só palavra. Ela encarava o jornal — que ainda assinavam porque, segundo ela, era mais barato que um plano de telefonia móvel —, sem tirar os olhos das manchetes.

Oscar sentiu um frio na barriga.

— O que foi? — perguntou ele, a voz saindo mais aguda do que planejara.

A mãe bebericou o café antes de responder, ainda de cabeça baixa:

— Parece que aconteceu uma confusão no shopping ontem à tarde.

Oscar sentiu ainda mais frio na barriga, o que achava ser impossível minutos antes.

— Sério? — comentou, enfiando mais cereal na boca e tentando não vomitar.

— Aham — murmurou a mãe, dando mais um gole no café. — Diz aqui que o Empório precisou chamar os seguranças e tudo.

— Caramba — soltou Oscar, colocando mais uma colherada na boca, embora ainda nem tivesse terminado de mastigar a anterior.

— Tudo por causa de um brinquedo besta. Ao que parece, uns meninos saíram correndo com uma caixa durante a confusão.

A mãe ergueu o rosto e encarou o filho. As pessoas sempre diziam que os dois eram muito parecidos, com as feições suaves e os olhos escuros feito carvão.

— Acredita nisso? — questionou ela.

Oscar entendeu que não era uma pergunta retórica. A mãe queria mesmo saber se ele conseguia acreditar naquilo. Porque, se ele estivesse envolvido... não seria difícil acreditar que era verdade.

— Irvin comentou que você foi ao shopping com os seus amigos ontem — prosseguiu ela, dando ao filho várias oportunidades de não mentir.

A mãe abriu todas as portas que levavam à verdade e incitou Oscar a ser honesto e atravessá-las. Estava implorando para que o filho não a decepcionasse.

Mas a mentira não pertencia apenas a Oscar. Ele tinha arrastado Raj e Isaac para o meio daquela confusão. Então o garoto tomou uma decisão: decepcionar a mãe para proteger os amigos.

— Deve ter sido depois que a gente saiu de lá — falou, dando de ombros, o gesto como um ponto-final após a mentira.

A mãe o encarou por tanto tempo que Oscar tentou se desculpar telepaticamente. Torceu para ela ouvir o pedido. Em vez disso, a mãe enfim desviou o olhar, tomou o resto de café, dobrou o jornal e o jogou no lixo reciclável sem dizer mais nada.

Oscar nunca se sentira tão envergonhado. Passou o resto do dia em casa, ignorando as ligações de Raj e fingindo que não ouviu Isaac batendo à porta. Ficou deitado na cama, encarando os olhos esbugalhados do Plushtrap.

—Você é inútil — disse Oscar para o boneco.

Ou talvez para si mesmo.

. . .

Os dias seguintes passaram voando, até que Isaac e Raj encurralaram o amigo no refeitório.

— Olha, se você estiver possuído, a gente vai entender, tá? — falou Isaac. — Pisque duas vezes se precisar de ajuda.

— Sério, cara. Se estiver preso aí dentro, deixa a gente ajudar — acrescentou Raj, assentindo.

— Não estou possuído — falou Oscar, sem conseguir sorrir.

— Cara, se ainda for sobre o lance do Plushtrap, desencana — disse Isaac.

Oscar achou "lance" uma palavra curiosa para se referir a um crime.

— Não é só isso — explicou o garoto.

Raj e Isaac ficaram calados.

Oscar sabia que eles tinham entendido. Eram amigos fazia tempo suficiente para terem notado que os tênis do garoto nunca tinham a logo certa, que sua mochila precisava durar dois anos em vez de um.

— Tecnologia de primeira geração sempre dá pau — comentou Raj. — A gente junta dinheiro e compra um boneco da segunda geração. Assim, vai dar tempo de consertarem os problemas.

Isaac assentiu, e Oscar se sentiu um pouco melhor. Os amigos não o odiavam. Ele decepcionou a mãe e não conseguiu o Plushtrap, mas continuava com dois amigos. As coisas estavam começando a se equilibrar. Isso tornou ainda mais difícil compartilhar seu plano.

— Preciso devolver o brinquedo — anunciou ele.

Isaac deu um tapa na testa e Raj fez uma careta. Claramente, já esperavam que Oscar dissesse aquilo.

— Com aqueles olhos e aqueles dentes esquisitos? — questionou Raj. — Qual é, cara. Deixa isso pra lá.

— Não posso. Minha mãe sabe.

Os amigos ergueram o olhar.

— E como você ainda está vivo?

— Quer dizer, ela não *disse* que sabe, mas sei que sabe — explicou Oscar.

— De que adianta tentar devolver, então? — falou Raj. — Já foi. Nosso dinheiro ficou com a loja. E você quer mesmo ter que explicar aquelas... "melhorias"?

Raj e Isaac olharam ao redor para garantir que ninguém estava ouvindo.

Oscar sabia que o amigo tinha razão. Já era ruim o bastante ter roubado o brinquedo. Não queria de jeito nenhum ser questionado sobre os olhos e os dentes estranhamente humanos daquele Plushtrap.

Mas isso é impossível, disse o garoto a si mesmo, mesmo sem ter tido coragem de encostar nos globos oculares da criatura. Inclusive, na noite anterior, tinha jurado que aqueles olhos acompanharam seus movimentos pelo quarto.

Ele balançou a cabeça para afugentar a lembrança.

— Essa não é a questão — falou Oscar.

Raj e Isaac desistiram de argumentar, porque sabiam que era verdade.

A questão não era o dinheiro ou o brinquedo. Oscar tinha tomado algo que não lhe pertencia. Nem ele nem os amigos eram aquele tipo de pessoa.

—Vocês não precisam vir junto — continuou ele. — A culpa é minha.

Mas quando Raj e Isaac suspiraram e baixaram a cabeça, Oscar entendeu que os dois não o deixariam voltar sozinho para o shopping. Os amigos o acompanhariam.

—Você é um idiota — reclamou Isaac.

— Eu sei.

A caixa do brinquedo parecia estar mais pesada do que quando tinham fugido do shopping. Talvez por causa do arrependimento pelo dinheiro que perderam.

— E se a gente encontrar aqueles seguranças de novo? — perguntou Isaac.

Os amigos estavam parados pouco antes da entrada leste.

Raj balançou a cabeça e rebateu:

— O que eles vão fazer? Prender a gente por devolver o que roubamos?

— Tem razão — concordou Isaac.

Os três começaram a caminhar na direção do Empório. No entanto, quando chegaram lá, a loja não existia mais.

— Como assim? — sussurrou Oscar, enquanto lia e relia a grande placa luminosa acima das portas de vidro que costumavam ser amarelas.

O letreiro laranja dizia: LOJA DE HALLOWEEN DO HAL.

— Será que a gente veio pela entrada errada? — perguntou Raj, mas os três sabiam que não era o caso.

Quaisquer dúvidas remanescentes sumiram no instante em que adentraram o estabelecimento, que tinha o mesmo chão manchado e imundo de sempre. Porém, em vez de espaços vazios e alguns brinquedos empoeirados, as estantes estavam ocupadas com todo tipo de adereços de Dia das Bruxas. Havia um corredor com decorações e luzes, outro com saquinhos e cestinhas, dois com doces e uns cinco ou seis atulhados de fantasias, que iam de monstros de filmes de terror a princesinhas cintilantes.

— Será que a gente entrou num buraco de minhoca? — perguntou Isaac, coçando a nuca.

— Ei, pessoal, olha só — chamou Raj, dando uma risadinha.

Ele pegou uma fantasia verde de Plushtrap Perseguidor e a segurou na frente do corpo.

— Sério, cara?! — exclamou Isaac, arrancando o traje das mãos de Raj e o devolvendo à arara.

Oscar foi até o balcão do caixa na frente da loja, que dias antes parecia o cenário da destruição da humanidade.

— Cadê o Empório? — perguntou o garoto, atordoado.

A funcionária atrás do balcão usava uma tiara com duas antenas amarelas compridas, que balançaram para a frente e para trás quando ela analisou Oscar de cima a baixo.

— O quê?

— A loja que funcionava aqui antes — explicou ele.

— Ah, pode crer — disse a garota, indiferente, sem responder à pergunta.

— Para onde o Empório foi? — insistiu Oscar.

— Não faço ideia — respondeu a garota, olhando para o próprio celular. — Só preenchi um formulário para esse emprego e *puf!* — exclamou ela, balançando a mão sem muito ânimo. — Cá estou eu.

— Mas preciso devolver isso — falou Oscar, sentindo-se muito pequeno diante daquela garota mais velha.

Ela arregalou os olhos, e o menino soube que enfim tinha conseguido sua atenção. Durou apenas um segundo.

— Isso é o que estou pensando que é? — indagou a jovem, voltando a encarar o celular. — Por que quer devolver esse brinquedo se pode revender por uma fortuna?

— Não... Não é meu — explicou Oscar, encarando o chão.

Quando ergueu o olhar, viu que a funcionária tinha levantado uma sobrancelha.

— Agora é — sentenciou ela.

Oscar encarou a caixa em suas mãos. O papelão parecia mais murcho do que nunca. Quando voltou até Raj e Isaac, os dois estavam usando máscaras de hóquei e asinhas de fada.

— Quero parecer uma fadinha assassina — falou Raj.

— Não tem como devolver — contou Oscar.

Os amigos levantaram as máscaras.

— Bom... Pelo menos a gente tentou, certo? — disse Raj.

— Talvez seja melhor assim — comentou Isaac.

No entanto, quando não falou mais nada, Oscar soube que o amigo não conseguia pensar numa razão para aquilo ser uma coisa boa.

Dez minutos depois, após comprarem três conjuntos de asas de fada e máscaras de hóquei, os garotos voltaram para a casa de Oscar. Queriam criar um plano para pedir gostosuras ou travessuras. Todo ano, combinavam de ir para o outro lado do trilho do trem, onde todo mundo dizia que dava para conseguir doces melhores. Mas os três amigos sempre caíam na falsa promessa de doces gostosos perto de casa e acabavam sem tempo de ir até lá.

— A gente sempre se deixa enganar — reclamou Raj. — Mas este ano vai ser diferente. Vamos começar do outro lado dos trilhos e depois voltar pra cá.

Os amigos concordaram. Era um bom plano.

Terminado o planejamento, Raj e Isaac começaram uma disputa mortal no videogame novo de Raj. Eles alternavam a cada rodada, enxugando o suor do controle depois de usar.

—Vou derrubar você já, já — falou Raj, apertando os botões furiosamente.

—Você diz isso toda vez — retrucou Isaac, sorrindo, recostado no sofá. — Algum dia vai ter que admitir que...

— ... você não é campeão de nada — interrompeu Raj, com gotas de suor na testa.

Oscar mal prestava atenção. Estava limpando os resquícios da bateria corroída dentro do compartimento do Plushtrap Perseguidor.

Um vento forte soprava lá fora. Parecia que a tempestade que o noticiário vinha anunciando ao longo da semana enfim tinha chegado. A energia caiu de repente, contribuindo para a sequência de derrotas de Raj.

— Qual é... Não conta se a luz cai! — reclamou o garoto.

— A regra é clara — rebateu Isaac, se achando.

Raj ficava ainda mais furioso porque o jogo e o console eram dele. *Ele* deveria ser o melhor na brincadeira. Só deixava o videogame na casa de Oscar porque ele era o único que não tinha irmãos mais novos implorando para jogar também.

— Oscar, ajuda aqui. Quando cai a energia, a pessoa tem direito a tentar de novo, não tem? — perguntou Raj, enquanto esperavam a luz voltar.

O sol estava se pondo bem rápido.

— Hã? — resmungou Oscar.

Não estava interessado em videogames naquele momento. Tinha raspado o que sobrou da gosma branca e trocado a bateria por outra que tirou do pequeno ventilador na mesinha de cabeceira da mãe. Chegou a virar a bateria ao contrário, torcendo para ser só um problema de fabricação, mas o Plushtrap Perseguidor não funcionava de jeito nenhum.

— Por que ainda está mexendo nisso? — questionou Isaac, cansado do drama provocado pelo brinquedo nos últimos dias.

— Ele tem razão — disse Raj, num raro momento de concordância. — Está quebrado, Oscar. Deixa pra lá.

— Acho que você podia deixar beeeeeem pra lá — falou Isaac, franzindo os lábios. — Tipo, se livrar desse bicho. Além de estar quebrado, ele é... Não sei. Estranho.

Oscar concordava, mas não queria admitir, então ignorou os amigos. Achava que o Plushtrap tinha jeito. O trio escapou dos seguranças do shopping. Ele mentiu para a mãe. Depois, tentou fazer a coisa certa e devolver o boneco. Devia ter alguma razão maior para continuar com aquela coisa.

Ele virou o coelho feioso de cabeça para cima e encarou os olhos verdes e embaçados.

— Se você estiver possuído, pisque duas vezes — falou para o bicho, rindo.

O Plushtrap não piscou, mas emitiu um chiado, tão baixinho que poderia ter sido coisa da imaginação de Oscar.

—Vocês ouviram isso?

— Isso o quê? — perguntou Raj.

A luz voltou, e o videogame reiniciou — assim como a discussão de Raj e Isaac.

Enquanto Oscar se preparava para virar o coelho e olhar pela milésima vez o compartimento da bateria, notou um furinho na lateral da mandíbula do bicho. A princípio, parecia só um parafuso prendendo a articulação metálica. Daquele ângulo, porém, Oscar conseguia ver que não era um parafuso.

Era uma entrada.

O telefone fixo começou a tocar no mesmo instante em que as luzes piscaram outra vez.

Com o Plushtrap em mãos, o garoto correu para a cozinha antes que a secretária eletrônica atendesse a ligação. Mesmo se pudessem pagar por dois planos de telefonia móvel, a mãe de Oscar insistiria em manter aquela linha fixa. Ela adorava ter sistemas reservas.

A ligação estava chiada, e Oscar precisou perguntar três vezes quem era antes de ouvir claramente a voz da mãe.

— Ai, essa tempestade — reclamou ela. — E agora?

— Consigo ouvir — respondeu Oscar, embora não estivesse prestando atenção, e sim analisando a entrada na boca do Plushtrap, o que era difícil com a luz da cozinha piscando.

—Vou precisar da sua ajuda amanhã, carinha — disse ela.

— Tudo bem, mãe — respondeu o garoto, sem ouvir direito.

— Sinto muito. Você sabe como odeio isso... Mas, com essa tempestade hoje à noite, muitos funcionários faltaram, e vamos estar com um monte de roupa acumulada para lavar amanhã, e... Está escutando, filho?

— Aham — mentiu Oscar.

De repente, entendeu por que ela estava se sentindo tão culpada.

— Espera, mãe. Não... Amanhã, não.

— Eu sabia que você ia ficar chateado, querido, mas é...

— Mas, mãe, amanhã é Dia das Bruxas! — exclamou Oscar, entrando em pânico ao perceber que já havia concordado.

Não que ele tivesse escolha.

— Eu sei, meu bem, mas você e seus amigos já não estão bem grandinhos para...?

— Não! Por que você sempre faz isso? — acusou Oscar, reclamando mais do que gostaria, mas quando se deu conta era tarde demais.

— Faço o quê? — perguntou ela.

Oscar mal conseguia escutar a voz da mãe. A tempestade prejudicava a qualidade da ligação e fazia a casa inteira chacoalhar. Talvez pelo fato de ela parecer tão distante, Oscar se sentiu no direito de dizer:

—Você me trata como se eu fosse adulto, como se eu devesse agir como você ou como o papai. Você nunca me deixa ser criança. Desde que o papai morreu, parece que você acha que eu tenho que crescer de uma vez.

— Oscar...

— Eu roubei, tá bom? Roubei o Plushtrap. Seu carinha *roubou* aquele brinquedo idiota! — exclamou Oscar.

Ele sabia que era algo cruel de se dizer, mas estava bravo porque aquilo ia acontecer de novo. Mais uma vez, ele ia ficar de fora de algo que todas as outras crianças podiam aproveitar.

As luzes da cozinha piscaram e, de repente, a voz da mãe sumiu.

— Mãe! — chamou ele.

Mas a única resposta foi o silêncio, seguido do eco de sua própria respiração e, por fim, o apito da linha ocupada.

O garoto voltou para o quarto devagar, a tempo de ver Isaac finalizar a luta contra Raj. No entanto, Oscar só conseguia encarar a entrada na mandíbula do Plushtrap. As consequências do que ele tinha falado para a mãe eram grandes demais para serem contempladas.

— Raj, preciso do carregador do seu celular — pediu Oscar.

— Como assim? Agora? Eu estou quase me recuperando! — reclamou o amigo, apontando para a tela.

— Não, não está — rebateu Oscar.

— Escuta o carinha — interveio Isaac. — Ele está falando a verdade.

Oscar fez uma careta ao ser chamado de "o carinha", depois seguiu Raj até o corredor. O amigo pegou um carregador embolado e lhe entregou.

Era gentil da parte de Raj não perguntar por que ele precisava de um carregador, já que não tinha celular. Ainda assim, o amigo acompanhava a movimentação de Oscar com interesse.

Quando voltaram ao quarto, Isaac tinha feito a vida do lutador de Raj cair para dez por cento.

Oscar respirou fundo e prendeu o fôlego ao conectar o carregador na entrada perto da boca do Plushtrap. Quando o plugue encaixou, o garoto suspirou aliviado.

— Já era, Raj. Vou acabar com a sua raça em três...

O som do lutador de Isaac carregando o golpe final pulsava nos ouvidos de Oscar enquanto ele cruzava o cômodo a passos largos, levando o Plushtrap até a tomada.

— Dois... — continuou Isaac, e as luzes do teto começaram a piscar.

— Só vai logo — pediu Raj, desolado.

— E você mor...

Oscar não se lembrava de ter conectado o carregador na tomada. Não se lembrava das luzes se apagando ou do lutador de Isaac conquistando o cinturão dourado. Naquele momento, talvez não se lembrasse nem do próprio nome.

Só sabia que estava escuro e que ele tinha ido parar do outro lado do quarto.

— O que aconteceu? — ouviu Isaac perguntar.

— Estão sentindo esse cheiro de queimado? — comentou Raj.

— Ah... Ah, cara, Oscar... — falou Isaac.

— Oscar? Oscar? — chamou Raj.

O garoto não entendeu por que os dois pareciam estar em pânico. Mal conseguia vislumbrar o rosto dos amigos no fraco luar que iluminava o quarto conforme as árvores balançavam na tempestade.

— Oscar, quantos dedos tem aqui? — perguntou Raj.

— Você não levantou dedo nenhum — avisou Isaac.

— Verdade. Foi mal — disse Raj, balançando a cabeça.

— Eu estou bem — garantiu Oscar, sem saber se era verdade, mas estranhando ouvir os amigos tão preocupados. — O que foi, gente?

— Hã... Você não se lembra de ter sido jogado para o outro lado do quarto? — perguntou Raj, parecendo ainda mais aflito.

— Deixa de graça — retrucou Oscar, apoiando-se na parede para tentar ficar de pé.

Parecia que alguém tinha enfiado a cabeça dele num aquário.

— Não é zoeira — insistiu Isaac.

Oscar só acreditou quando prestou mais atenção na expressão dos amigos.

— Num segundo, você estava conectando o carregador na tomada. No seguinte, estava voando pelo ar. Acho que foi um raio.

Lá fora, a lua disputava espaço entre as nuvens. Dentro de casa, a visão de Oscar continuou desfocada por um instante antes de voltar ao normal.

— Talvez a gente devesse ligar para a mãe dele — sugeriu Isaac.

— Não! Não, não liguem para ela — pediu Oscar.

Os amigos ficaram preocupados outra vez.

— Mas e se deu um curto-circuito no seu cérebro? — perguntou Raj.

— Eu continuaria sendo mais esperto que você — murmurou Oscar.

— É, ele está bem — afirmou Isaac.

Oscar tentou acender a luz pressionando o interruptor perto da porta.

— Ih, já era.

Isaac tentou ligar a televisão com o controle remoto, mas a tela continuou escura.

— Nada.

— Bom, acho que isso encerra a discussão — falou Raj, indo para a sala de estar, onde estavam os sacos de dormir. — Só nos resta encher a barriga de bolinhas de queijo superpicantes e repassar o plano de amanhã à noite.

Isaac o seguiu até o outro cômodo, mas Oscar ficou para trás. Amanhã era Dia das Bruxas... Por um minuto precioso, tinha esquecido que não poderia sair para pedir doces com os amigos. Quando as nuvens foram sopradas para longe da lua, Oscar percebeu a mancha preta de queimado que começava na tomada e subia pela parede.

— Que maravilha — murmurou o garoto. — Mais uma coisa pela qual vou ter que me desculpar.

Já estava formulando uma explicação para a mãe quando viu o Plushtrap Perseguidor se mexer, miraculosamente ainda conectado à tomada pifada.

— Foi você? — perguntou o garoto.

O coelho verde feioso apenas o observou. Sob a luz da lua, seus olhos arregalados pareciam cintilar.

Oscar fechou a porta do quarto para não ter que encarar sua série de erros. De repente, sem mais nem menos, ouviu a voz de Raj vindo de dentro do cômodo.

— Luzes apagadas — disse a voz, soltando uma risadinha.

Oscar escancarou a porta, seus olhos recaindo direto no Plushtrap, e indagou:

— O que você disse?

— Hein? — perguntou Isaac, já na metade do corredor a caminho da sala.

— Você ouviu, não ouviu?

— Ouvi o quê?

Oscar se virou de novo na direção do quarto.

— Qual é, Raj, não é engraçado.

— O que não é engraçado? — questionou o menino, aparecendo na beira da sala de estar.

Oscar balançou a cabeça.

— Nada, não. Esquece.

— Tem certeza de que você está bem? — insistiu Isaac.

Oscar se forçou a soltar uma risada, então disse:

— Essa tempestade idiota está me fazendo ouvir coisas.

Na sala, Raj e Isaac abriram dois pacotes de salgadinho de queijo enquanto bebiam Refri Azul-Chocante num ritmo acelerado.

Isaac soltou um arroto.

— Beleza — disse ele. — Se a gente começar aqui, na beira dos trilhos do trem, podemos seguir para sul.

Os dois analisavam um mapa da cidade no celular de Raj, a linha do trem centralizada na tela dividindo o lado leste do oeste. Não passou despercebido por Oscar o fato de que, daquele lado da cidade, era mais fácil a vida sair dos trilhos, mas não ousou fazer essa piadinha com os amigos.

— Não, a gente precisa começar no sul e depois vir subindo — discordou Raj.

— Mas aí vamos perder muito tempo andando — argumentou Isaac, pontuando a frase com outro arroto barulhento.

— Credo, cara, esse foi fedido — reclamou Raj, balançando a mão para dissipar o odor. — Além disso, a gente vai andar mais rápido se ainda não estiver carregando um monte de doces. É tudo uma questão de aerodinâmica.

Conforme observava os amigos definindo o plano, Oscar ficava cada vez mais amuado. Os garotos enfim o notaram sentado na cozinha.

— Certo, o Oscar vai decidir — propôs Raj. — Por onde a gente começa? A norte ou a sul dos trilhos?

— Eu não vou poder ir — revelou Oscar.

Raj deixou o celular cair no chão. Isaac e ele se entreolharam, e Oscar tentou com todas as forças acreditar que os dois não estavam esperando por aquilo. Ele precisava desmarcar seus planos sempre que a mãe pedia ajuda. Era o carinha dela.

— É a minha mãe — começou a explicar, mesmo sem ser necessário. — Ela precisa...

Nem conseguiu terminar a frase.

— Ah... — soltou Isaac, tentando fingir surpresa. — O Dia das Bruxas vai ser chato mesmo.

Raj entrou no jogo:

— Aposto que aquele lance dos vizinhos darem barras de chocolate inteiras é só historinha pra boi dormir.

Isaac assentiu, então prometeu:

— E a gente divide tudo o que ganhar em três partes.

Oscar sabia que estavam mentindo: a noite seria épica. Também sabia que, mesmo decepcionados, os amigos dariam uma parte dos doces para ele. Nunca se sentira tão grato por ter os dois.

— Caramba, isso aí são fios brancos? — perguntou Isaac, mudando de assunto e apontando para a cabeça de Oscar.

O garoto levou as mãos ao cabelo.

— Sério?

Isaac soltou uma risadinha.

— Não, mas tenho certeza de que você perdeu uns neurônios com o choque.

Raj gargalhou.

— Não que possa se dar ao luxo de ficar com ainda menos.

Pela primeira vez naquela noite, Oscar se sentiu tranquilo. Talvez tudo ficasse bem. Ele não tinha um Plushtrap Perseguidor, nem um celular, e não participaria do Dia das Bruxas. Não tinha o pai. Mas tinha uma mãe que precisava dele, e amigos que o apoiavam.

Assim que Oscar se sentou ao lado de Raj e Isaac no chão da sala, um relâmpago rasgou o céu. Foi tão brilhante que ele achou que sua visão havia falhado. Quando a luz não voltou, deixando apenas sombras e silhuetas de objetos na sala ao seu redor, concluiu que a energia do resto da casa devia ter caído.

— Eita, acho que você causou um estrago maior que só uma tomada zoada no quarto — falou Raj na escuridão.

Oscar se levantou e tateou as paredes, tentando achar a janela. O luar de pouco antes tinha sumido, encoberto por uma camada grossa de nuvens de tempestade.

— Nada a ver — falou Oscar, encostando o rosto no vidro. — O bairro inteiro está sem luz. O raio deve ter caído num transformador.

Isaac soltou uma risadinha sarcástica.

— Aposto que não foi no lado leste dos trilhos. Já pararam para se perguntar por que aquela área nunca é atingida?

— Calma, tenho lanternas — avisou Oscar. — Minha mãe comprou mais uma depois da última queda de energia.

— Aquele apagão durou quase dois dias — lembrou Raj. — A gente precisou jogar fora metade da comida na geladeira.

— Dois dias sem televisão, sem videogame... — disse Isaac, estremecendo.

— Meu celular ficou sem bateria na metade do primeiro dia — recordou Raj.

Os garotos contemplaram as lembranças do Grande Apagão de Maio antes de deixar o horror de lado.

Oscar entregou a lanterna mais barata e levinha para Isaac e ficou com a pesada.

—Você vai precisar usar a lanterna do seu celular — disse ele para Raj. — Só tenho duas.

—Ah, claro, ótima ideia... Só vai acabar com a minha bateria — reclamou Raj.

De repente, os garotos ouviram um ruído vindo do outro lado da casa.

Oscar teria achado que era fruto de sua imaginação se os amigos não tivessem reagido também.

—Você adotou um gato, por acaso? — perguntou Isaac.

Oscar negou com a cabeça, depois lembrou que os amigos não conseguiam vê-lo. Ele acendeu a lanterna, e Isaac fez o mesmo.

Outro baque ecoou do mesmo lugar. Oscar engoliu em seco.

— Talvez seja um galho batendo na janela — sugeriu Raj, mas não parecia acreditar nisso.

— Isso é idiotice — disparou Isaac, indo na direção do ruído.

— Espe... — começou Oscar, mas o amigo já estava no corredor.

Quando fizeram a curva, ouviram outro estrondo — ainda mais alto — vindo do quarto de Oscar. A casa estava escura demais para detectarem sombras pela fresta debaixo da porta, mas o som era inconfundível: algo batia devagar na madeira.

— Sério mesmo que não adotou um gato? — sussurrou Isaac, com a voz trêmula.

— Não tem nenhum gato aqui — chiou Oscar.

Raj mandou os dois se calarem com um *shhh*.

Obedecendo também, as batidas pararam. Os garotos prenderam a respiração.

De repente, a bateção recomeçou ainda mais rápida, com tanta força que a porta chacoalhava.

Os amigos recuaram, mas não ousavam tirar os olhos da superfície de madeira.

— Ainda acha que é um galho de árvore? — zombou Isaac, dirigindo-se a Raj.

— Só se a árvore tiver entrado no meu quarto — completou Oscar.

— Calem a boca, vocês dois! — exclamou Isaac, erguendo a mão. — Estão ouvindo isso?

— O que é esse som? — sussurrou Oscar.

— Parece... algo raspando — disse Isaac.

Não demorou muito para descobrirem o que era. Logo abaixo da maçaneta, um buraco irregular começou a surgir, aberto por uma fileira de dentes persistentes de aparência humana, fortes o bastante para quebrar uma faquinha de manteiga. Os dentes pareciam mais pontudos, como se tivessem mudado de formato ao entrar em ação.

— Não pode ser — sussurrou Oscar.

— Achei que estava quebrado! — exclamou Raj, num tom acusatório.

— Estava mesmo! — rebateu Oscar.

— Será que a gente pode discutir isso em outro lugar? — propôs Isaac, observando o progresso rápido dos dentes afiados na madeira ao redor da maçaneta.

— É um brinquedo, cara — falou Raj. — O que acha que ele vai...?

Então, com duas pancadas poderosas, a maçaneta de latão caiu da porta, revelando um vulto de um metro de altura com orelhas tortas e compridas. Embora o corpo do Plushtrap não passasse de uma silhueta, os dentes irregulares brilhavam no escuro.

E o que era aquilo na ponta dos dentes? Sangue? Mesmo que os dentes e as gengivas fossem humanos, por que estariam sangrando? Era impossível... tão impossível que Oscar não conseguiu dar voz a seus pensamentos.

De repente, o Plushtrap Perseguidor se lançou na direção dos garotos.

— Corre, corre, CORRE! — gritou Raj, e o grupo disparou pelo corredor.

Oscar ouviu o ruído de algo caindo no chão e quase tropeçou no que quer que fosse.

— Aqui!

Os garotos fugiram para o cômodo mais próximo — o quarto da mãe de Oscar — e bateram a porta. Raj girou a tranca.

— Sério? Acha que o coelho conseguiria girar a maçaneta? — perguntou Isaac, tentando recuperar o fôlego.

— Sei lá o que esse troço consegue fazer! — berrou Raj.

As pancadas recomeçaram na porta do novo quarto. Os garotos recuaram, com medo da madeira ceder diante da força do coelho de um metro de altura.

Oscar arregalou os olhos quando ouviu o barulho de atrito outra vez. O Plushtrap estava prestes a roer aquela porta também.

— Como a gente para esse treco? — questionou Isaac. — O botão fica no pé dele, né?

Os três continuaram a recuar enquanto o ruído dos dentes acelerava. As habilidades do coelho pareciam melhorar com a prática.

Oscar olhou ao redor freneticamente.

— Acho melhor a gente bolar um plano bem rápido, porque aquela coisa vai atravessar a porta, e nós três não cabemos no banheiro — avisou Raj.

— Hã... hã... — disse Oscar. Estava começando a surtar.

— Oscar... — choramingou Isaac, apontando a lanterna para o buraco que começava a se abrir embaixo da maçaneta.

— Rápido, subam no móvel mais alto que acharem! — ordenou Oscar.

Cada um encontrou um refúgio: Oscar pulou em cima da penteadeira, Isaac subiu na cômoda e Raj se equilibrou precariamente na cabeceira da cama.

Num piscar de olhos, o Plushtrap destruiu aquela porta também. Com um barulhão, a maçaneta caiu no carpete. Devagarzinho, a porta começou a se abrir, revelando um olhar sem vida e um par de orelhas tortas.

Os garotos prenderam a respiração, esperando para ver o que o Plushtrap faria. O coelho se decidiu bem rápido. Como uma máquina eficiente, ele seguiu direto para o objeto mais próximo — a cômoda — e começou a roer as pernas ornamentadas do móvel de madeira com seus dentes irregulares.

— Sério?! — gritou Isaac, encarando o bicho com uma expressão horrorizada.

Num minuto, o pé do móvel seria reduzido à finura de um palito de dente. E Isaac cairia no chão, diante daquele coelho implacável.

— Pensem em alguma coisa! — implorou Isaac. — Qualquer coisa, rápido!

— Tem outro jeito de desligar esse bicho? — perguntou Oscar, pensando em voz alta.

Um montinho de serragem se formava na base da cômoda. Isaac já estava quase escorregando para o chão.

— A luz! — berrou Raj da cabeceira da cama. Ele perdeu o equilíbrio por um instante, mas conseguiu se recuperar. — Na caixa, diz que ele fica parado na luz!

— Minha lanterna caiu no corredor! — berrou Isaac, deslizando na cômoda, cada vez mais perto do coelho.

Oscar demorou segundos preciosos para lembrar que estava segurando a outra lanterna.

— Agora, Oscar! — gritou Raj.

O garoto apontou o feixe de luz para o Plushtrap Perseguidor. Não funcionou.

— Fica de frente pra ele! — berrou Isaac.

Oscar se inclinou para além da borda da penteadeira, esticando o braço o máximo que pôde para a luz atingir os olhos do coelho. O Plushtrap congelou com o maxilar aberto, prestes a dar a última roída na perna da cômoda.

No silêncio do quarto, o único som eram os garotos arfando. O feixe de luz oscilava por causa da mão trêmula de Oscar.

— Segura firme — sussurrou Isaac, como se estivesse com medo de que a criatura ouvisse.

— Estou tentando — chiou Oscar.

A cômoda balançava, equilibrada precariamente em três pernas e meia. Não ia aguentar o peso do menino por muito tempo, com ou sem o Plushtrap roendo a madeira.

— Preciso descer — falou Isaac, mais para si mesmo do que para os amigos.

Todos entenderam que ele estava tentando reunir coragem.

— O coelho não vai se mexer enquanto o Oscar continuar apontando a lanterna para ele — garantiu Raj, sentindo a insegurança de Isaac em relação à tranquilidade momentânea.

— Fácil falar — retrucou Isaac, sem tirar os olhos do bicho verde. — Não é você que está a centímetros de um roedor de madeira do mal. E qual é a dos dentes dele? Não deviam ser assim!

— Acho que muitas coisas nesse coelho "não deviam ser assim" — falou Raj. — Agora, que tal descer dessa cômoda de uma vez?

— É verdade — encorajou Oscar. — Com a luz, o Plushtrap não consegue se mexer.

— Ele não devia conseguir se mexer sozinho de jeito nenhum — rebateu Isaac. — Como ganhou vida de repente?

Nenhum dos amigos tinha uma boa resposta, ainda mais naquele momento.

— Será que foi o relâmpago? Rolou algo enquanto ele estava conectado à tomada? Não sei. Mas esse móvel vai desmoronar já, já — afirmou Oscar.

Isaac assentiu, aceitando seu destino. Precisaria se arriscar e descer dali.

Escorregando até ficar o mais longe possível da boca aberta do Plushtrap, Issac passou uma perna por cima da beira da cômoda... então a puxou de volta, quase perdendo o equilíbrio.

— Qual é, cara! — reclamou Raj, nervoso com a indecisão do amigo.

— Ei, que tal *você* escolher qual membro prefere perder? — resmungou Isaac.

Oscar decidiu tentar uma abordagem diferente.

—Vamos, rápido e de uma vez só! Tipo arrancar um curativo — sugeriu ele.

— Rápido e de uma vez só — repetiu Isaac, parecendo gostar mais da ideia.

Mas, no instante em que o garoto se preparava para descer da cômoda, uma voz veio de um canto do quarto onde não havia ninguém:

— Ei, gente! Aqui!

E não era uma voz qualquer. Era a de Raj.

Oscar nem pensou antes de virar a lanterna naquela direção. Foi instintivo.

— Ei, ei, ei, ei, ilumina o Plushtrap de novo! O PLUSHTRAP! — gritou Isaac.

Oscar quase derrubou a lanterna, mas voltou a banhar os olhos do coelho com a luz no instante em que seus dentes estavam prestes a abocanhar a perna do amigo.

— Chega de graça, Raj. Não acha melhor praticar ventriloquismo outra hora? — brigou Oscar, esforçando-se para recuperar o fôlego.

Mas Raj encarava o canto do quarto com os olhos arregalados.

— Não foi você, foi? — perguntou Isaac, segurando a perna quase sacrificada.

— Ah, que droga — choramingou Oscar. — Ele consegue imitar vozes?

— *Nossas* vozes — acrescentou Raj, engolindo em seco. — Para nos distrair.

A madeira fragilizada sob Isaac rangeu. Ele deslizou até o chão e correu mais rápido do que nunca, então subiu na penteadeira junto com Oscar.

— E agora? — perguntou Raj.

Oscar tinha uma resposta na ponta da língua:

— A gente deixa a lanterna aqui, apontada para o Plushtrap. Depois fazemos uma barricada na porta e pedimos ajuda.

Os amigos consideraram a sugestão, então assentiram.

Raj se moveu primeiro, descendo da cabeceira e andando pé ante pé na direção da porta, sem tirar os olhos do coelho maluco. Em meio às sombras, sob o brilho da lanterna de Oscar, a criatura assumia um tom esverdeado doentio.

Quando Oscar e Isaac iam descer da penteadeira, o feixe de luz começou a vacilar, acendendo e apagando em intervalos de frações de segundos. Em pânico, Oscar deu tapas na lateral da lanterna. O feixe voltou à vida, mas só por um instante, e depois voltou a piscar.

— Oscar... — chamou Isaac, num murmúrio. — Tem alguma chance de isso não ser a bateria da lanterna falhando?

A luz vacilou outra vez, e ficou apagada por tanto tempo que os garotos ouviram o estalido da boca do Plushtrap se fechando.

— Então... — começou Oscar, mas não teve tempo de terminar o raciocínio.

A lanterna se apagou.

— CORRAM! — berrou o garoto.

Isaac e ele dispararam até a porta, quase tropeçando nos calcanhares de Raj.

Os três avançaram pelo corredor rumo ao banheiro. Isaac chutou a lanterna caída para que deslizasse à frente deles. Ao entrar, bateram a porta e apoiaram as costas nela bem a tempo de sentir a força do bicho de metal e pelúcia atingi-la. Na mesma hora, o Plushtrap começou a roer a madeira ao redor da maçaneta.

Isaac caiu de joelhos e pegou a lanterna mais nova, se atrapalhando antes de ligá-la e apontar a luz na direção da porta. Mas todos sabiam que aquilo só faria efeito depois que o coelho abrisse um buraco na madeira.

Depois que estivesse cara a cara com os garotos de novo.

— Raj, cadê seu celular? — perguntou Oscar.

O menino ergueu o aparelho como um talismã, a tela azul brilhando na escuridão.

— Deixa a lanterna apagada para não gastar bateria — instruiu Oscar. — Só liga para a polícia.

— Beleza — concordou Raj, entrando em ação.

Ele discou o número, antecipando o alívio que sentiria ao ouvir a voz do atendente.

— Por que está demorando tanto? — questionou Isaac, vendo a maçaneta chacoalhar.

— Não vai — explicou Raj, tentando de novo.

— Como assim? É a polícia. Alguém tem que atender — insistiu Isaac.

— A chamada não completa. Parece que está sem sinal, sei lá! — exclamou Raj, se desesperando.

— Calma, calma — disse Oscar, tentando pensar, mas os dentes do Plushtrap já surgiam através da porta. Minúsculos fiapos verdes estavam presos nas farpas de madeira. — Vamos fazer o seguinte: eu abro a porta e...

— Má ideia — interrompeu Raj, o pânico nítido na voz. — Péssima ideia.

— Relaxa, me escuta — pediu Oscar, tentando manter a calma. — Vou abrir a porta e iluminar o coelho. Depois que ele congelar, vocês dois vão para a cozinha enquanto fico aqui mirando a lanterna nele. De lá, usem o telefone fixo para chamar a polícia.

— Está pedindo pra gente te deixar sozinho com essa coisa? — questionou Isaac.

— Quer ficar aqui comigo? — propôs Oscar.

— Não, não, não, a gente vai para a cozinha — interveio Raj, sem titubear.

— Quando eu der o sinal — avisou Oscar.

Não se sentia nada pronto para dar o sinal, mas o coelho ia conseguir entrar cedo ou tarde. A maçaneta já estava prestes a cair.

— Três... dois... — começou o garoto, girando a maçaneta antes que ela caísse. — AGORA!

Oscar escancarou a porta. O Plushtrap entrou a toda velocidade, mas congelou ao ser banhado pela luz. Sob o feixe, seus olhos pareciam tão turvos que era difícil lembrar que costumavam ser verdes. Os orbes vazios eram ainda mais aterrorizantes do que globos oculares normais. A boca da criatura permanecia aberta, ávida, os dentes ainda mais ensanguentados do que da última vez que Oscar os observara. Os braços articulados do bicho estavam estendidos, prontos para empurrar a porta.

Respirações ofegantes soavam no banheiro minúsculo. Isaac e Raj pretendiam passar o mais longe possível do Plushtrap, mas o coelho estava parado bem no meio da passagem. Eles precisariam se espremer para sair.

Isaac encolheu a barriga. Mesmo assim, a pelagem áspera do coelho roçou em sua camisa. Raj fez uma careta e imitou o amigo, sentindo o braço do coelho raspar em sua orelha quando ele passou rápido pela criatura. Parou com as pernas trêmulas no corredor, ao lado de Isaac.

— Tem certeza de que vai ficar bem aqui? — perguntou Raj.

— Não — respondeu Oscar. — Anda logo.

Os amigos dispararam pelo corredor e pegaram o telefone da cozinha. Diante dos olhos esbugalhados do Plushtrap, Oscar ouviu os dois discutindo. Também não estavam conseguindo ligar para a polícia pela linha fixa.

Quando reapareceram à porta do banheiro, Raj deu a má notícia:

— A linha deve ter caído.

Como que para confirmar a informação, o vento golpeou a construção, fazendo estremecer o espaço entre as paredes, onde canos atravessavam o material isolante.

— Então, nós estamos presos na minha casa com uma máquina de morder irracional, equipados com uma única lanterna... — começou Oscar, mantendo a luz apontada para o coelho.

— Duas, se contar a do meu celular — interrompeu Raj.

— ... durante uma tempestade que fez cair a luz e as linhas telefônicas.

— Também estamos sem água — revelou Isaac.

Os outros dois se viraram para ele.

— Fiquei com sede. Tentei abrir a torneira — explicou o garoto.

— O coelho consegue mastigar quase qualquer coisa, então... — começou Raj.

— ... o que vai acontecer quando acabar a bateria das lanternas? — questionou Oscar.

Os garotos encararam o Plushtrap como se ele fosse responder. Mas o brinquedo apenas fitava o feixe que Oscar não ousava desviar de seu rosto.

— Ei, Oscar — chamou Raj.

O garoto não gostou do tom de voz do amigo. Estava óbvio que um novo horror havia acabado de lhe ocorrer.

— O que foi?

— Como você vai sair do banheiro?

— Ué, do mesmo jeito que vocês.

— Não vai dar — explicou Raj, balançando a cabeça. — A gente só conseguiu sair porque você estava com a lanterna apontada para a cara dele.

— E daí?

— A gente não está mais de frente para ele. Estamos atrás.

Oscar finalmente entendeu. Não bastava apontar a luz para qualquer parte do coelho.

— Ele precisa *enxergar* a luz — concluiu o garoto, estremecendo ao imaginar aqueles olhos horríveis e meio humanos sendo capazes de enxergar.

— Calma — disse Isaac. — A gente pode usar o espelho.

Os meninos tentaram virar o Plushtrap na direção da pia. As mãos de Oscar tremiam, e o feixe de luz também.

— Fica com a mão firme — falou Isaac.

— Estou tentando. Tem noção de como é difícil segurar uma lanterna por tanto tempo assim? Meu braço está doendo.

— Fiquem quietos! — exclamou Raj, jogando todo o seu peso contra o Plushtrap. — Isaac, me ajuda com esse negócio.

— Cara, não pode ser tão pesado assim...

Raj se afastou do coelho e desafiou:

— Então tente você.

Mas Isaac também não conseguiu mover o bicho.

— É como se as engrenagens estivessem travadas — comentou ele.

Os três ficaram em silêncio por um minuto inteiro.

— Certo, a gente vai fazer o seguinte — começou Oscar. — Um de vocês vai segurar a lanterna por cima da cabeça do Plushtrap, entre as orelhas.

— Eu que não vou — declarou Raj.

— Aí vou passar por ele de fininho, e depois a gente sai correndo — concluiu Oscar.

— Acho que vai funcionar. — Raj assentiu. — Assim que o coelho se virar, recuamos de costas, apontando a lanterna para ele o máximo que der.

— Perfeito. Assim a gente ganha tempo para chegar até o fim do corredor.

Era um bom plano. Teria dado certo, se a lanterna menor e mais baratinha não tivesse começado a piscar bem naquele momento. As pilhas estavam com pouca carga por causa do Grande Apagão de Maio.

— Não, não, não, não, não! — lamentou Oscar.

— Por que todas as suas lanternas param de funcionar? — reclamou Isaac.

— Cala a boca e segura isso aí! — gritou Oscar.

Estavam todos em pânico.

Isaac fez uma careta, passando o braço entre as orelhas peludas do coelho e apontando a luz para os olhos esbugalhados. Oscar se espremeu para passar rente ao batente.

— Calma, vou usar a lanterna do meu celular — disse Raj, sem fôlego.

— Tarde demais — informou Isaac. — Não tem espaço para a gente trocar de lugar.

Enquanto Oscar estava espremido ao lado do Plushtrap, eles ouviram uma voz vindo da porta da frente:

— Ei, carinha, preciso da sua ajuda!

— Sra. Avila! — gritou Isaac por cima do ombro. — Fica aí, não se mexe!

Mas o próprio Isaac se moveu, só um pouquinho, enquanto gritava. Foi o bastante para desviar o feixe da lanterna.

— A luz! — avisou Oscar.

— Foi mal!

Isaac apontou a lanterna de volta para o coelho, mas seu braço tremia e a luz oscilava, criando um efeito estroboscópico aterrorizante.

Durante os breves intervalos de luz apagada, a cabeça do coelho ia se virando bem devagarzinho.

Oscar estava cara a cara com o bicho quando a lanterna apagou de vez.

— CORRE! — gritou o garoto.

Os outros obedeceram, todos berrando enquanto o Plushtrap Perseguidor fazia jus a seu nome e vinha atrás deles com passadas hábeis pelo corredor.

Raj virou a tela do celular para trás, mas a luz não era intensa o bastante.

— Liga a lanterna! — gritou Isaac.

O amigo tentou clicar no ícone, mas, com o nervosismo, o aparelho acabou escorregando de suas mãos suadas.

A esperança de que o celular tivesse sobrevivido à queda se esvaiu quando ouviram o som de algo sendo esmigalhado. O coelho havia pisado no aparelho.

— A garagem! — gritou Oscar, arquejante, enquanto corriam do maior arrependimento de suas vidas.

Os garotos fecharam a porta na cara do coelho e ficaram ouvindo, horrorizados, as mordidas da criatura, que roía seu novo obstáculo com uma eficiência implacável.

— Esse é o pior brinquedo do mundo! — reclamou Raj.

— Como ele sabia a voz da sua mãe? — perguntou Isaac.

— Eu sei lá! — exclamou Oscar. — Talvez tenha me ouvido falando com ela pelo telefone? As possibilidades são infinitas!

Ele riu, histérico.

Isaac pousou a mão no ombro de Oscar e disse:

— Se controla, cara. Você está surtando.

Nos outros cômodos da casa, era possível ver contornos dos arredores, mas a garagem estava imersa no breu. Os garotos tatearam a torto e a direito, tentando achar objetos que pudessem usar contra o invasor, mas só derrubaram ferramentas das prateleiras e tropeçaram em decorações natalinas.

— Será que é pedir muito que você tenha outra lanterna guardada por aqui? — perguntou Isaac, a voz rouca de medo.

— Mesmo que tivesse, eu não conseguiria encontrar — afirmou Oscar.

Raj apertava desesperadamente o botão que abria o portão da garagem. Sem energia, porém, isso não servia de nada.

— Esses portões não têm uma trava de emergência? — perguntou Raj, a lógica enfim prevalecendo.

Pelagem verde e dentes surgiam pelo buraco na porta.

— Tem, sim! — exclamou Oscar, tateando o que achava ser o meio do portão. — Deve estar bem...

Ele começou a pular com as mãos estendidas, procurando a alça presa à cordinha que liberava a trava de emergência.

Raj se uniu à busca, tateando outra parte do portão.

— Gente — chamou Isaac, sua voz perturbadoramente calma.

— Acabei de bater o dedo na alça! — informou Oscar.

— Gente — chamou Isaac de novo.

— Onde? — perguntou Raj.

— Bem aqui.

— Onde é "aqui"?

— *Aqui!*

— Gente! — gritou Isaac.

Dessa vez, os outros dois pararam para ouvir.

O som das mordidas ficava mais alto conforme o Plushtrap devorava a madeira grossa da porta.

— O que foi? — perguntaram Oscar e Raj ao mesmo tempo.

— Para onde a gente vai quando sair daqui?

Oscar entendeu no fundo da alma por que Isaac soava tão derrotado. Sem luz no bairro inteiro, só restava... correr a esmo.

— Qual a alternativa? Ficar aqui e virar carne moída para hambúrguer? — retrucou Raj, voltando a pular.

Isaac não soube o que responder, e o terror de Oscar atingiu um pico.

E pensar que, menos de uma hora atrás, a questão mais urgente era de que lado dos trilhos iam começar a pedir doces.

— O trem! — gritou Oscar.

No mesmo instante, ouviram a mão de Raj bater na alça de madeira presa à corda de emergência que liberava a trava do portão. O objeto balançou e bateu no metal. Raj pulou de novo, e a corda balançou outra vez.

— Achei!

— Pessoal! — gritou Isaac, tomado por uma urgência.

De olhos arregalados, os amigos viram a maçaneta bambear.

— Ele está quase... — começou Isaac.

— Estou quase... — falou Raj ao mesmo tempo.

A voz de Isaac riu do outro lado da porta e anunciou:

— Vou acabar com o sofrimento de vocês em três, dois...

Raj conseguiu agarrar a alça com a ponta dos dedos e puxou a corda com força, liberando a trava automática que mantinha o portão fechado.

— Levanta daquele lado! — berrou Oscar.

Isaac agarrou uma das extremidades do portão, enquanto Raj ficava com o meio e Oscar com a lateral esquerda.

Puxaram com tanta força que o portão bateu no teto e desceu, fechando outra vez. No mesmo instante, a maçaneta caiu no chão de concreto. A porta da garagem se abriu, revelando o Plushtrap Perseguidor, determinado em sua destruição irracional.

Os garotos puxaram o portão com a mesma força de antes, mas dessa vez conseguiram passar por baixo antes que ele descesse. Saíram para a calçada, e o coelho ficou dentro da garagem.

O bicho bateu no portão e começou a arranhar o metal com os dentes, fazendo os amigos se encolherem de aflição.

— Não vai aguentar por muito tempo — alertou Raj.

No dia anterior, Oscar teria duvidado que até mesmo um Plushtrap em perfeito estado fosse capaz de morder metal, mas naquela noite o garoto tinha todas as razões para acreditar nisso. A criatura não ia parar, a menos que fosse detida.

— O trem — repetiu ele, então saiu correndo, com fé de que os amigos viriam atrás.

Mal tinham atravessado o quarteirão quando ouviram um som de metal e entenderam que o portão havia cedido.

Pularam por cima de bicicletas abandonadas em quintais e caixas de transformadores, chutando folhas secas e lixo que rodopiavam no ar. Ouviam os sons mecânicos do coelho como se fosse uma música de fundo: o Plushtrap abria e fechava o maxilar com força na mesma velocidade em que as patas se moviam. Oscar ousou olhar para trás apenas uma vez, e viu que o Plushtrap estava mais perto do que esperava. Tão perto que conseguiu enxergar o branco brilhante dos seus olhos estranhos.

O coelho ganhava velocidade, enquanto Oscar e os amigos ficavam cada vez mais lentos. Os trilhos do trem estavam a quatrocentos metros de distância.

— Eu quero saber quanto falta? — perguntou Raj, a respiração ofegante parecendo um chiado.

— Siga em frente — alertou Oscar. — Só não para.

As pernas do garoto queimavam e ele se impulsionava com os braços, mas até Isaac estava começando a se cansar. Precisavam avançar mais um pouquinho.

— Como...? — disparou Isaac, ofegante, engolindo em seco. — Como você sabe que vai ter um trem passando agora?

Isaac já havia entendido o plano que Oscar não teve tempo de explicar.

— Não tem como saber — respondeu Oscar.

Isaac não disse mais nada. No entanto, compreendeu tudo. Se não houvesse trem, também não haveria esperança.

Os três adentraram o melhor caminho que conseguiram encontrar na região arborizada que levava aos trilhos. Oscar, Isaac e Raj ergueram os braços para proteger o rosto dos galhos, enquanto ouviam o Plushtrap abrir caminho pelas árvores, mordendo qualquer ramo que ousasse ficar em seu caminho.

Quando o terreno começou a inclinar, Oscar soube que estavam perto dos trilhos. Sentia os pulmões pegando fogo, e Raj começou a tossir e soltar grunhidos de dor.

Assim que chegaram ao topo da colina, Oscar enfim viu algo glorioso. Luz.

— Eu falei! — gritou Isaac. — Lá nunca fica sem energia!

Enquanto desciam o declive que levava à ferrovia, perderam o outro lado da cidade de vista. Sem a intervenção do trem, Oscar sabia que nunca chegariam ao leste e toda a sua iluminação gloriosa.

O som começou baixinho, quase impossível de ouvir em meio ao uivo da tempestade e do zumbido do Plushtrap se aproximando. Porém, quando Raj e Isaac olharam na mesma direção, Oscar soube que não era só coisa da sua cabeça.

— É o apito do trem. Está vindo! Está vindo! — berrou Isaac.

Os três comemoraram soltando um gritinho, aliviados com a aproximação do trem salvador.

Mas ainda não conseguiam enxergar a locomotiva. E, quando se viraram para trás, Oscar viu algo que fez seu sangue congelar: a sombra do coelho surgiu sob os pés do meninos.

— Não vai dar tempo — sussurrou Isaac.

—Vai, sim — rebateu Oscar.

O Plushtrap alcançou o topo da colina e se lançou pelo declive, descendo com uma precisão mortal.

— É isso, a gente vai morrer! — lamentou Raj.

— O trem vai passar a tempo — falou Oscar, sem tirar os olhos do coelho.

O bicho estava na metade da descida quando Oscar ouviu o lindo som do apito do trem em meio ao uivo da ventania.

Os olhos do Plushtrap pareciam arregalados, as orelhas esticadas num ângulo pouco natural. Enquanto ele percorria a toda velocidade o final do declive, Oscar viu pedaços do portão de metal presos entre seus dentes irregulares, como ossinhos de galinha.

Oscar ousou tirar os olhos do Plushtrap e vislumbrou um pequeno círculo brilhante na extremidade dos trilhos.

—Vão vocês — disse ele para os amigos.

— De jeito nenhum, cara — falou Raj. —Vamos todos juntos.

— Confiem em mim — insistiu Oscar.

— Está doido?! — indagou Isaac.

— Passem para o outro lado — disse Oscar, tomado por uma estranha calma.

Ele media a distância das duas coisas na sua visão periférica: o Plushtrap correndo e o trem. Seu cérebro estava fazendo cálculos que ele sequer sabia que era capaz de fazer.

O apito soou de novo. O trem estava a segundos de distância.

—Vai funcionar. Dessa vez, vai dar tudo certo. Vão logo!

Raj e Isaac olharam para o trem uma última vez antes de saltarem por cima dos trilhos. Caíram tropeçando do outro lado.

Oscar ouviu os amigos gritando para que ele atravessasse também. Ouviu, mas não prestou atenção. No lapso de segundo entre a sobrevivência possível e a morte certa, só conseguiu focar na voz rouca mas insistentemente viva do sr. Devereaux.

É preciso saber quando ir atrás de algo, mesmo que pareça impossível.

E, naquele momento minúsculo e imenso, Oscar enfim entendeu a mensagem do idoso: às vezes, a sorte precisava ser criada. E, nesses casos, era necessário saber quando agarrá-la.

Ao som dos gritos dos amigos, do apito do trem e do ruído da mandíbula do coelho, o garoto deu três passadas à direita, em direção ao trem, e pisou nos trilhos. Esperou o instante exato em que o Plushtrap Perseguidor pisou na ferrovia, se virou para encará-lo e deu de cara com os faróis brilhantes do trem.

O garoto teve uma fração de segundo para vislumbrar os olhos sinistros. Da boca faminta e ensanguentada do bicho, saiu a voz da mãe de Oscar:

— Preciso de você, carinha!

Oscar saltou para fora dos trilhos.

O ar cheirava a metal e fogo. A princípio, não entendeu muito bem o que era aquela luz. Estava num hospital? Ou preso embaixo do trem?

— Eu morri? — ouviu a própria voz perguntar, parecendo desconexa do corpo.

— Não sei como, mas você tá vivo — falou Raj, respirando fundo o ar do lado leste dos trilhos.

Seu corpo tremia tanto que Oscar sentia o chão estremecendo. Ou talvez fosse a passagem do trem. Ainda conseguia ouvir o apito soando à distância.

Oscar se virou para Isaac. O garoto estava com as mãos apoiadas no joelho, balançando a cabeça devagar, com os olhos fechados.

—Você é um idiota — disse ele.

— Eu sei — concordou Oscar.

Depois que o solo parou de vibrar e as pernas dos três pararam de cambalear, os amigos se aproximaram do local onde Oscar tinha arriscado a vida num jogo perigoso de pega-pega.

Ali, retorcido e esmagado contra os suportes de concreto dos trilhos e a terra batida, jaziam os restos de um Plushtrap Perseguidor. O coelho verde mastigador não era mais o personagem favorito de Oscar na turma do Freddy Fazbear. Nuvens de pelúcia verde flutuavam ao redor do animal destroçado, outros tufos jaziam grudados à graxa nos trilhos. Fragmentos de dentes quebrados brilhavam sob a lua recém-revelada, as nuvens se abrindo depois que já era tarde demais para ajudar. Pedaços ensanguentados de gengivas humanas continuavam presas aos dentes. Oscar engoliu bile e desviou o rosto.

O garoto encarou o olho grotesco que permanecia intacto, parcialmente enterrado no solo, protuberando sob os trilhos. O outro olho não passava de um monte de tecido morto e esmagado, parecendo mais humano do que nunca. Oscar estremeceu e se virou para ir embora. Não conseguia ficar ali encarando um matador tão implacável.

Na noite seguinte, Oscar ajudou a distribuir doces para os moradores do Asilo Recanto dos Carvalhos enquanto a mãe direcionava os auxiliares de enfermagem, revirando os olhos para os mais novos e bobinhos. Era uma espécie de "gostosuras ou travessuras" às avessas: os doces iam até as pessoas, em vez de as pessoas irem até os doces.

Quando Oscar chegou ao quarto do sr. Devereaux, Marilyn estava aninhada ao pé da cama.

— Alguém está ousada hoje — comentou Oscar para a gata.

Foi o sr. Devereaux quem respondeu:

— Já que ela está roubando minha alma, decidi que conquistou esse direito.

Aquilo não fazia o menor sentido para Oscar, mas parecia bastar para que o sr. Devereaux parasse de olhar com desconfiança para sua companheira felina.

— E aí, como foi a colheita? — perguntou o idoso, em mais um de seus momentos lúcidos.

Mais que lúcidos, até. Era como se ele tivesse aparecido ao lado dos trilhos do trem no momento em que Oscar mais precisava.

— A safra foi ruim este ano — contou o garoto.

O sr. Devereaux assentiu devagar, como se entendesse muito bem. Oscar tentou imaginar o idoso com um coelho faminto de um metro de altura, mas não conseguiu.

— Mas fico feliz por ter tentado fazer a colheita — concluiu ele.

Ao ouvir isso, o sr. Devereaux ficou satisfeito o bastante para voltar a dormir, com Marilyn amassando pãozinho no espaço entre seus pés.

Na salinha do café, o garoto encontrou a mãe, com quem só havia trocado meia dúzia de palavras pela manhã para explicar que o Plushtrap tinha "danificado um pouquinho" as portas e que ele passaria o próximo fim de semana consertando tudo (e provavelmente o resto da vida economizando para comprar um novo portão para a garagem). No entanto, a mãe mal pareceu se importar. O garoto achava que o buraco deixado dentro dela pela discussão ao telefone na noite anterior era maior do que qualquer um dos causados pelo Plushtrap.

Como se sentia péssimo, Oscar decidiu fazer algo, por mais que soubesse que não compensaria seus erros. Pegou o resto das economias, foi até a LOJA DE HALLOWEEN DO HAL e comprou uma pequena abóbora de plástico e duas embalagens das amêndoas cobertas de chocolate que a mãe tanto amava. Tinha enchido a abóbora com os doces e escondido tudo no armário da salinha de descanso. Só tirou quando a mãe fez a primeira pausa para o café da noite.

A mãe sorriu ao receber o presente, mas Oscar teve a impressão de que desde a morte do pai ela não parecia tão triste.

Ainda assim, puxou o filho para o abraço mais esmagador dos últimos tempos. Mesmo quase sem conseguir respirar, ele ficou feliz ao constatar que a discussão não a havia destruído por completo.

— Nunca foi minha intenção depender tanto de você — sussurrou a mãe, enquanto o apertava.

Oscar ficou surpreso. Achava que a razão da tristeza da mãe era a perda do marido. Nunca tinha considerado que ela podia estar triste *consigo mesma*.

— Está tudo bem — afirmou ele.

Estava tudo bem mesmo. Não o tempo todo, mas ele achava que talvez isso tornasse os momentos bons ainda mais especiais. Como quando a mãe ficou feliz com o presente que recebeu. Ou quando os amigos arriscaram a própria vida só para ele não ter que enfrentar um monstro sozinho.

— Está tudo bem — repetiu o garoto, deixando a mãe abraçá-lo por um tempão.

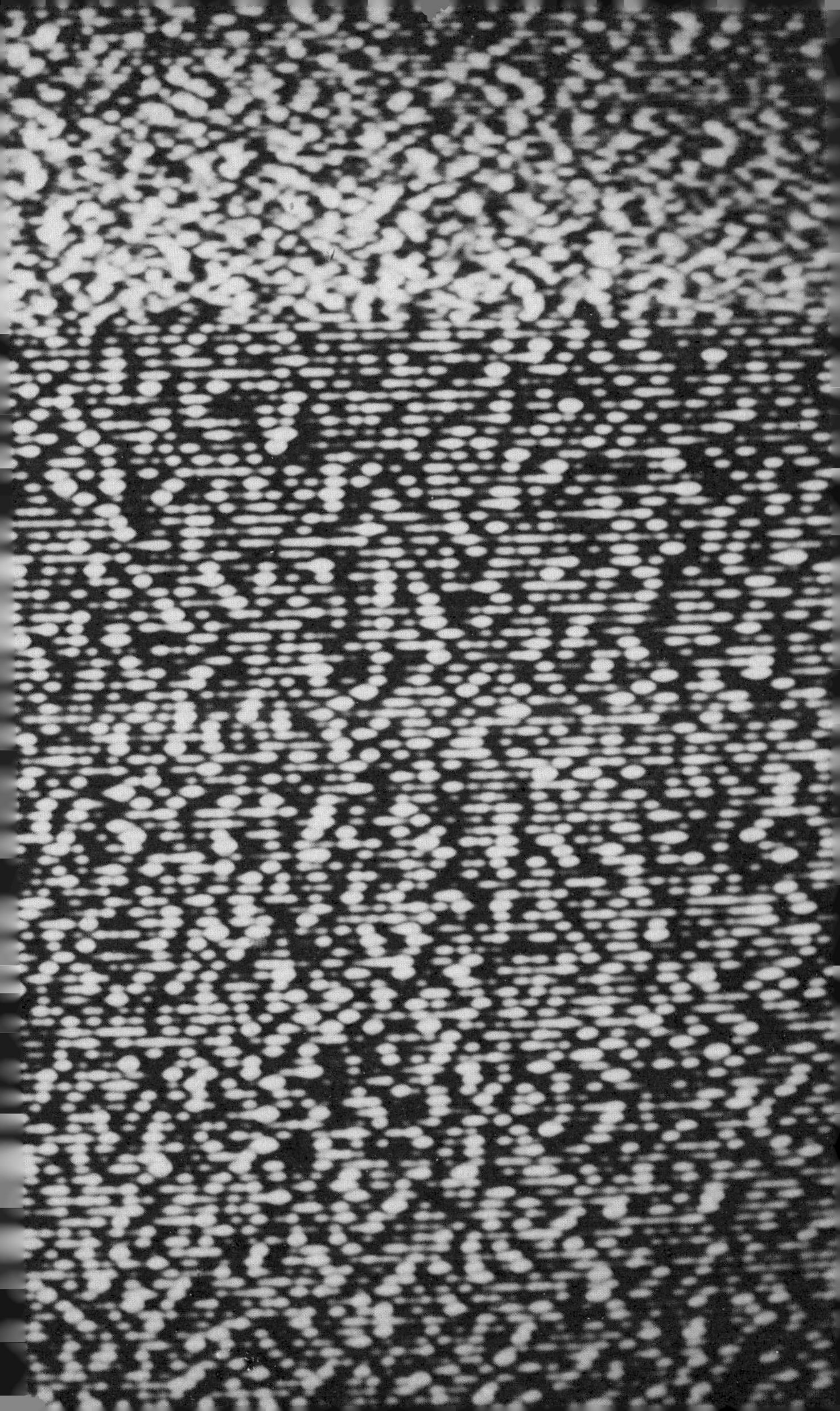

`Sinistro nem sempre` estava lúcido.

Bom, para que mentir? Sinistro *quase nunca* estava lúcido. A lucidez fazia seus dentes doerem, assim como os olhos e os ouvidos. Quando estava lúcido, o mundo atacava sua visão e audição. Era tudo intenso *demais*. Sinistro preferia ficar no próprio mundinho, onde as vozes em sua cabeça comandavam, mesmo sabendo que as vozes eram doidas.

Os dentes de Sinistro doíam naquela noite.

Nas sombras, sentado contra a parede de metal corrugado de um barracão perto dos trilhos do trem, Sinistro ajeitou a manta sintética ao redor do corpo. O cobertor estava úmido e não esquentava muito, mas o reconfortava. Além disso, como não estava apenas sujo, mas tão imundo que era preciso enfiar a unha entre as fibras para ver que a cor original do tecido era rosa, também servia de camuflagem. Camuflagem era bom. Desde que deixara sua vida antiga para trás, fazia o possível para ficar invisível: andava curvado para parecer mais baixo que seu um metro e setenta; comia apenas o bastante para manter a pele presa aos ossos; cobria o cabelo longo e castanho com um chapéu cinzento e molenga; escondia o rosto comprido sob uma barba emaranhada. E tinha substituído o próprio nome pelo apelido que recebera. Seu principal objetivo era passar despercebido.

Naquele momento, queria passar despercebido mais do que nunca. De qualquer jeito que fosse.

Porque não gostava das batidas e dos barulhos que ouvia. E também não gostava do que via. Eram coisas agourentas, que faziam seus dentes doerem.

O olhar de Sinistro passara os últimos cinco minutos focado nos trilhos do trem. Ou melhor (era importante falar a verdade), não nos trilhos, mas sim *na pessoa* nos trilhos. A pessoa nos trilhos o perturbava muito.

Na ferrovia, iluminado pelo brilho de uma luz de emergência, um vulto encapuzado recolhia itens bizarros. Estava encurvado, e cambaleava como pessoas logo após desembarcarem de um navio. Sinistro se encontrava a seis ou sete metros de distância, mas conseguia ver claramente o vulto e o que ele recolhia.

A pessoa parecia não ter notado sua presença, e Sinistro queria que as coisas continuassem daquele jeito. Sentia os dentes prestes a bater, e o corpo prestes a tremer, mas ele se forçou a continuar imóvel enquanto o vulto misterioso forçava a extremidade do que parecia um pé de cabra de uns trinta centímetros. A ponta amarela do instrumento desenterrava pedaços de algo que Sinistro não conseguia identificar. Até então, tinha visto o vulto recolher uma mandíbula, uma série de dentes humanos ensanguentados, olhos humanos mutilados, vários parafusos, uma entrada de carregador e pedaços de metal com tufos de pelagem verde.

Continuou observando a silhueta cavoucar um e depois outro objeto verde oblongo. O que era aquilo?

Como se estivesse respondendo à pergunta mental de Sinistro, o vulto ergueu os pedaços. Mesmo à luz difusa, Sinistro conseguiu ver exatamente do que se tratava. Em sua vida antiga, tinha sido professor e, mesmo perdendo neurônios em alta velocidade, ainda tinha vários à disposição.

Orelhas verdes de coelho.

Ah, os dentes dele...

O vulto continuou a forçar o pé de cabra, e enfim soltou uma grande pata de coelho dos trilhos.

Sinistro precisava admitir que estava um tanto curioso sobre as ações daquela pessoa, mas seu instinto de autopreservação era mais forte. Então continuou ali, sentindo os dentes doerem, tão imóvel quanto os detritos que o vulto coletava, até ele juntar os pedaços recolhidos num saco e desaparecer na escuridão.

O agente Larson bateu à porta da casinha marrom tipicamente americana de um andar e meio. A construção ficava ao lado de outra com a mesma arquitetura, mas de dois andares e quatro vezes mais ampla. Ele olhou para a varanda bem-cuidada onde se encontrava. Parecia ter sido recém-pintada. Notou que a casa inteira parecia estar em condições similares, mas a tinta nova não passava a sensação de acolhimento esperada. A casa parecia apequenada — e não apenas em comparação à vizinha, maior e mais elegante. Se casas tivessem rostos, aquela estaria amuada.

A porta de madeira com uma janelinha de vidro se abriu diante de Larson. Uma jovem bonita com olhos grandes e cabelo castanho na altura do ombro olhou para o agente sem demonstrar o menor interesse.

— Pois não?

— Olá, senhorita, meu nome é agente Larson. — Ele mostrou o distintivo à mulher, que encarou o objeto com a mesma falta de atenção com que se dirigia a ele. — Como parte de uma investigação em andamento, preciso averiguar esta residência. Você tem alguma objeção?

A mulher semicerrou os olhos. Ele teve a impressão de que havia algo dormente no olhar dela, como se uma faísca tivesse sido quase — mas não totalmente — apagada. Ele considerou a possibilidade de o fogo reacender com uma objeção à entrada dele. Não sabia o que faria nesse caso, porque não tinha um mandato.

A mulher deu de ombros.

— Pode entrar.

Ao atravessar o batente, o policial deu de cara com uma sala de estar limpa e organizada. Ele olhou ao redor e viu que a pequena cozinha e a copa estavam em condições parecidas — mesmo a casa abrigando ao menos quatro gatos, todos largados em poses dignas de realeza em móveis ou tapetes trançados iluminados pelo sol.

— Meu nome é Margie — disse a mulher, estendendo a mão. Larson a apertou. Estava gélida e meio mole.

A jovem ergueu uma sobrancelha para o agente, como se estivesse esperando que ele respondesse a uma pergunta silenciosa. Larson sorriu, mas não disse nada. Tentou imaginar o que ela via quando olhava para ele. Será que era um cara de trinta e poucos anos com aparência decente, como ele mesmo se enxergava no passado, ou só notava as rugas profundas ao redor da boca e dos olhos, que atualmente eram tudo no que ele conseguia reparar no espelho?

Margie desviou o olhar, que recaiu sobre dois gatos. Ela franziu a testa e balançou a cabeça.

— Foi mal pelos gatos — disse ela. — Não sei como isso aconteceu. Ganhei um gato para me fazer companhia depois que... Bom, enfim, para me fazer companhia. Só que era uma gata, e não um gato, e estava prenha. Não tive coragem de doar os quatro filhotinhos. Senti que era como se eu fosse a mãe deles, e não quis abandoná-los. Então virei uma acumuladora de gatos.

Margie soltou uma risada seca e tossiu.

Larson tinha a impressão de que ela costumava rir bastante, mas depois perdeu a prática. Tentou imaginar o que poderia ter acontecido com aquela mulher. Ficou tentado a perguntar, mas ele estava ali por outro motivo.

O agente começou a percorrer a casa com Margie em seu encalço.

— A quanto tempo a senhorita mora aqui? — perguntou ele.

Com a prática, Larson tinha descoberto que papear era um bom jeito de distrair o proprietário enquanto conferia o imóvel. Assim, ganhava mais tempo para fuçar antes de o proprietário começar a ficar desconfortável ou até mesmo entrar na defensiva.

— Uns três anos — respondeu Margie, a voz falhando um pouco entre "três" e "anos".

O policial a encarou.

Apesar da voz embargada, ela estava com os olhos secos e a expressão plácida.

— Fui contratada para cuidar de um garotinho doente enquanto o pai dele servia fora do país — explicou ela. — Ele faleceu e deixou a casa para mim.

O pai ou o garoto?, pensou Larson, mas não perguntou.

O agente adentrou um corredor apertado com três portas. Um novo gato — cinza malhado e pequenininho — saiu da última porta, se sentou no meio do corredor e começou a se lamber.

Larson conferiu um banheiro pequeno e limpo e depois um quarto de tamanho decente, que sem dúvida era onde Margie dormia. Um roupão amarelo felpudo estava dobrado com cuidado no pé da cama *queen size*, e havia vários cosméticos alinhados com o mesmo esmero na penteadeira de cerejeira. Fora esses toques, porém, o quarto parecia exalar uma atmosfera masculina.

O policial decidiu não comentar sobre a relação da jovem com o empregador falecido, qualquer que fosse. Não queria deixar os nervos de Margie à flor da pele. Ele seguiu pelo corredor.

A velha casa estalou, emitindo um som que lembrava um gemido. Larson teve a impressão de ver Margie se encolher com o barulho.

Um gato cinza-chumbo veio para o corredor, farejou o irmão malhado e depois se esfregou na calça preta de Larson. O policial se inclinou para coçar o animal entre as orelhas. Sabia que se arrependeria mais tarde: gostava de gatos, mas era alérgico a eles.

Larson entrou no que era obviamente um segundo quarto. Além da cama de solteiro no centro do espaço, havia apenas um pequeno armário.

Ele não sabia direto o que pensar daquele cômodo, mas se sentiu compelido a permanecer ali. O armário, especificamente, chamou sua atenção.

Ao seu lado, Margie permanecia calada. Estava tão próxima que ele conseguia sentir o cheiro que supunha ser de seu sabonete ou xampu. Era um aroma fresco e agradável, menos intenso que perfume ou colônia. Apesar da maquiagem que usava, o agente teve a impressão de que Margie não se esforçava muito para impressionar os outros. Ponderou se era aquilo que a tornava atraente para ele. O agente gostava da transparência e simplicidade dela. Margie não estava despejando informações daquele jeito ansioso que testemunhas faziam com frequência, mas tampouco tentava fingir ser algo que não era. Isso ele conseguia perceber.

Larson pigarreou e contornou a cama, indo na direção do armário que havia capturado seu interesse, e explicou:

— Estamos atrás de um suspeito do caso em andamento que mencionei. Passamos muito tempo num verdadeiro impasse, até recentemente. Agora temos essa pista.

Ele pegou uma foto no bolso interno do casaco esportivo cinza e a ergueu para que Margie visse.

A mulher não disse nada, mas seu rosto revelou muita coisa. Primeiro, corou. Depois, com a mesma velocidade, suas bochechas empalideceram. Ela arregalou os olhos. Abriu levemente a boca. Larson ouviu a respiração dela acelerar.

Prestes a questionar o motivo daquela reação, o agente Larson se sobressaltou quando o gato malhado pulou em cima da cama de solteiro.

— Foi mal — repetiu Margie, pegando o felino no colo.

O bichano começou a ronronar imediatamente.

Incapaz de se conter, Larson estendeu a mão e coçou a cabeça do gato. Quando se deu conta de que tinha chegado perto demais de Margie, ele recuou.

Acabou indo parar bem diante do armário. Precisava ver o que havia lá dentro.

No entanto, ao mesmo tempo que era atraído pelo móvel, sentia uma relutância inexplicável em abrir as portas. Ele espirrou.

— Perdão — falou.

— São os gatos — disse Margie.

— Não tem problema — respondeu ele.

Era mentira, sofreria o resto do dia.

Larson se deu conta de que estava adiando a abertura do armário, o que era absurdo. Então levou a mão ao puxador e abriu as portas.

O móvel se encontrava vazio, mas suas paredes internas estavam cobertas de rabiscos pretos espremidos uns sobre os outros. Letras sem sentido, traçadas com canetinha grossa, cobriam quase todo o interior do armário. Larson não conseguia decifrar os rabiscos, mas aquilo despertou nele a mesma sensação que olhar para os relatórios das mortes grotescas mais recentes.

O agente se virou para Margie.

— O que aconteceu nesta casa?

1ª edição	MARÇO DE 2024
reimpressão	JULHO DE 2025
impressão	LIS GRÁFICA
papel de miolo	PÓLEN BOLD 70 G/M²
papel de capa	CARTÃO SUPREMO ALTA ALVURA 250 G/M²
tipografia	BEMBO